KB108504

로즈의 편지

로즈의 편지

1판 1쇄 인쇄 2003년 8월 20일
1판 1쇄 발행 2003년 8월 25일

지은이 | 파스칼 로즈
옮긴이 | 이재룡
펴낸이 | 정은숙
펴낸곳 | 마음산책

편집 | 고은희·박지영   디자인 | 이지윤
영업 | 공태훈   관리 | 동미옥
등록 | 2000년 7월 28일 (제13 - 653호)
주소 | 서울시 서대문구 충정로 3가 270 (우 120 - 840)
전화 | 362 - 1452 ~ 4   팩스 | 362 - 1455
홈페이지 | http://www.maumsan.com
전자우편 | maum@maumsan.com

종이 | 화인페이퍼
인쇄 | 한영문화사
제본 | 정민제본

ISBN 89 - 89351 - 45 - 6   03860

* 책값은 뒤표지에 있습니다.

로즈의 편지

파스칼 로즈

마음산책

내 안의 무엇인가가 조용히 비명을 지릅니다.
들리세요?

1999년 6월 25일

마침내 펜을 들었습니다.

당신은 이 편지를 읽지 못하겠지만 그렇다고 누구도 그걸 장담할 수는 없습니다.

어느 날 나는 병원에서 어떤 시신과 마주하게 되었습니다. 곁에는 인턴 한 명뿐이었죠. 나는 속내를 털어놓기 시작했습니다. 왜 이 사람은 주위에 아무도 없이 개처럼 숨이 끊어졌을까. 인턴은 손가락을 입에 대며 쉿, 시신이 들을지도 몰라요, 라고 하더군요. 나는 입을 꾹 다물어버렸습니다.

간호사가 내게 전화를 걸어 한 사람이 죽었다고 알려주었습니다. 나는 장례 절차에 따라 밤샘을 하려고 한밤중에 달려왔던 거죠. 그런데 나는 어쩌다가 지금까지 누구에게도 한 적이 없었던 말을 하게 되었고, 의과대학을 갓 졸업한 젊은 남자는 고인이 들을지도 모른다는 가능성을 친절하게 경고했던 것입니다. 고인은 일주일 동안 고통받다가 죽었으니 편하게 쉴 권리가 있었던 겁니다. 내가 경솔했던 거지요. 그의 말이 백 번 옳다고 생각합니다.

병원에서는 한 사람의 귀에 거슬리는 말을 했지만 지금부터 당신의 눈 밖에 나는 짓을 하지 않도록 도와주세요. 사랑하는 당신이 그곳 야스나야에서 편히 쉬지 못하고 있음을 알고 있습니다.

레프 톨스토이 씨, 이 편지는 당신을 위해 쓰는 것입

니다.

　오랫동안 기다려왔습니다. 두려웠습니다. 편지 쓰는 게 두려웠던 건 아닙니다. 당신은 수년 전부터 나를 굽어보고 있었으니 당신의 존재, 당신의 심판이 두렵지는 않습니다. 내가 해야만 할 말이 두려운 거지요. 비록 당신이 이미 다 알고 있다고 할지라도. 당신이 모든 것을 알고 있지 않은데 나는 왜 당신을 사랑하게 되었을까요?

　오늘 아침 서재의 문을 열자 당신이 이미 거기에 와 있었습니다. 오늘은 재수 좋은 날이라고 생각했습니다. 두려움은 더이상 내 가슴속에 남아 있지 않았으며 마치 내 몸에서 떨어져나간 것 같았습니다. 그것은 내 앞에, 내 책상 위에 있었습니다. 그것을 볼 수 있었습니다. 단단하게 응축된 공기 덩어리 같은 것.

　나는 자리에 앉았습니다. 당신이 열쇠로 문을 잠그는 소리가 들렸습니다. 나는 두려웠고 동시에 기뻤습니다. 지금 집은 잠들어 있습니다. 드디어 때가 온 것입니다. 이런 순간이 어떻게 다가오는지 모릅니다. 새벽에 불현듯. 아마 여름이기 때문이겠지요. 글자가 어둠 속에 삼켜지도록 컴퓨터 모니터를 향해 나는 눈을 질끈 감았습니다. 그리고 글자를 내던지듯 당신에게 편지를 씁니다. 단어 하나를 쓰자마자 그것은 금세 사라져버렸습니다. 당신은 내 뒤에 서 있습니다. 이빨은 다 빠졌고 작은 키에 긴 턱수염, 덤불 같은 눈썹. 당신은 두터운 가죽 허리띠를 맨 농부 옷을 입었군요. 사진처럼 또렷하게 당신은 내 뒤에 서서 어깨 너머로 내가 쓰는 편지를 읽고 있습니다. 당신의 존재가 귀에 들립니다.

여름입니다. 겨울에는 두려움이 견고하게 응축되어 육중하지요. 여름에는 틈새에서 풀들이 자라며 생명이 꿈틀거립니다. 나무들은 귀청이 떨어지게 큰소리로 노래를 부릅니다. 오늘 아침에는 티티새들이 미쳤나봅니다. 단어들이 목구멍에서 듬성듬성 신물 올라오듯 떠오르지만 그것들 하나 하나가 그때 창가에서 목이 터져라 울어대는 티티새의 자유롭고 의기양양한 울음소리에 대한 향수를 자아냈습니다. 레프 톨스토이, 나는 당신에게 편지를 씁니다. 왜냐하면 당신은 티티새처럼 울었기 때문입니다.

내가 쓰는 편지는 당신, 레프 톨스토이, 내 어린시절의 사랑인 당신을 위한 것입니다. 왜냐하면 당신이 여기 있어서 이렇듯 내가 원하는 것을 쓸 수 있기 때문입니다.

그냥 거짓말하지 않기. 진실, 그것이 뭔지는 누구도 모릅니다. 거짓말, 그건 뭔지 압니다. 거짓말은 입을 여는 순간 알 수 있습니다. 거짓말, 그것은 거머리 같은 겁니다. 군인들의 말에 따르면 아무리 몸을 감싸도 소용없다고 합니다. 아무리 군복의 밑단을 조이고 각반을 쳐도 미세한 거머리는 구두끈 구멍 사이로 들어옵니다. 일단 다리에 들러붙은 거머리는 피를 가득 먹고 뚱뚱해집니다. 작은 거짓말이 모든 말을 빨아먹고 말 전부, 책 전체에 독을 퍼뜨립니다. 피에 도취될 수도 있겠지요. 그게 멋지다고 생각하는 사람도 있으니까요.

당신에게 편지를 쓰기보다는 당신이 포착한 현란하고 생생한 세부 묘사를 읽는 즐거움, 저기 러시아라는 이름을 지닌 신화의 우주 속에서 당신과 함께 있는 감동에 대해 이야기할 수도 있었을 겁니다. 감탄조로 이렇게 말하고 싶었지요.

아! 마리 공주가 삼키는 눈물, 아! 다닐로 쿠퍼와 춤추는 로스토프 백작, 아! 오트라드노이에 숲속에서의 늑대 사냥, 아! 세르게이 신부의 잘려진 손가락, 아! 페티아의 죽음과 데니소프의 울음소리, 아! 울안에 갇힌 짐승에게 신세 한탄하는 거세된 까치의 장엄하고도 슬픈 음성.

당신이 거기에 있을 것이고 나도 함께 있어서, 당신은 만족한 작가, 나는 매혹당한 독자로서 테라스에 앉아 차를 마실 테지요. 밤이 되어도 우리는 계속 이야기할 것입니다. 그러면 인생이 더없이 단순하겠지요.

그러나 당신은 만족한 작가가 아니었습니다. 30년간의

노작 『안나 카레니나』와 『전쟁과 평화』를 당신은 단호하게 밀쳐버렸습니다. 그리고 나는 의혹의 시대에 태어났습니다. 리오바(톨스토이의 애칭—역주)여, 우리가 행복하게 살 수 있었을 세월은 죽었습니다. 우리는 불가능한 글쓰기, 풀어헤쳐진 글쓰기에 대한 향수에 젖어 있습니다.

나를 도와주세요. 당신이 관공서에 가서 일처리를 도와주길 바라거나 당신으로부터 몇 푼의 돈을 얻으려고 야스나아에서 당신을 기다렸던 수많은 독자들 중 하나쯤으로 나를 생각해주세요. 그리고 또다른 부탁이 있습니다. 내가 글을 쓰는 동안 내내 곁에 있어주세요. 편지 한 장 쓰는 데 아주 오래 걸릴 수도 있고 심지어 부치지 않기로 결심할 수도 있습니다. 그냥 몽땅 버릴 수도 있다는 가능성이 나의 두려움을 덜어줍니다. 거기에 있어주세요, 제발.

티티새가 울고 있습니다.

3년 전입니다.

나는 회복실에 있었습니다. 몸에서 열이 났습니다. 의사는 수술을 하기 전에 우선 열이 떨어지길 기다렸습니다. 고통을 덜어주려고 아편을 주었습니다. 나는 오랫동안 잠들어 있었습니다.

그때 죽을 수도 있었고 그래서 그림자의 나라에서 당신과 더불어 구름 속에 앉아 대화를 나눌 수도 있었습니다. 사라져버리는 것, 내가, 영영 사라지는 것.

내가 더이상 여기 없는 것, 이 단어를 지워버리는 데 3년이 걸렸습니다. 이 단어를 다시 읽어봅니다. 무슨 뜻인지 이해할 수 없습니다.

3년 전 나는 동맥류로 죽을 뻔했고 그후 그때의 체험을 글로 쓰려고 했지만 책상 앞에만 앉으면 그 순간, 침묵뿐이었습니다. 생각이 멈추고 펜이 마비되는 겁니다. 글을 쓰면 동맥이 다시 열릴 것 같았습니다. 리오바, 부디 내 곁에서 내 글을 읽고, 또 읽어주세요. 혹시 내가 의식을 잃으면 즉시 두블-퀘르를 깨우세요, 그 사람이 다 알아서 할 것입니다.

나는 우연히 만난 사람, 사랑하는 사람들에게 내 이야기를 털어놓았습니다. 그 경험을 마치 기상천외한 모험, 혁혁한 무용담처럼 늘어놓았죠. 나는 한번도 반성해본 적이 없었던 겁니다. 3년 전부터 내 인생에서 그 기간을 의도적으로 한 켠에 밀어둔 채 살았던 거죠.

불쑥 다가오는 죽음이란 마치 막 태어나는 사랑 같은 것일 겁니다. 우리는 사랑을 보지 않으려고 합니다. 그저 체험할 따름입니다. 눈을 가려버리는 것이지요. 어느 날 사랑이 죽으면 그제서야 이해해보려고 노력합니다. 죽음에 대한 이야기도 죽음이 거기 없을 때에만 합니다. 정작 죽음 앞에서는 침묵해버립니다. 아마 침묵 너머에는 아무것도 없기 때문이겠지요.

나는 혹시 잠결에 외과의사가 내 머릿속에 박아놓은 플라스틱 판이 떨어질까 하는 두려움 속에서 잠들곤 했습니다. 그러다가 어느 날인가부터 더이상 그 생각을 하지 않았습니다. 왠지 모르지만 두려움도 제풀에 지쳤던 것입니다. 두려움의 메커니즘, 그 발현과 사라짐을 모르겠습니다. 오늘 당신에게 편지를 쓸 수 있다는 사실이 놀랍기만 합니다. 전날에 할 수 없었던 것을 어떡해서 다음날에는 할 수 있는 걸까요? 두려움이 언젠가 다시 솟구쳐서 나를 마비시킬지도 모른다는 생각을 참아내는 방법을 배우려고 합니다. 당신도 이런 두려움 속에서 살았다는 것이 내게는 위안이 됩니다.

나는 살페트리에 병원의 침상에 있습니다. 머리가 아픕니다. 눈도 살갗도 없는 것 같아요. 고통이 내 안에서 나 없이도 살고 있습니다. 일어날 수도 없습니다. 요강에 오줌을 눕니다. 나는 아주 허약해졌습니다. 누군가 찾아오면 그저 웃을 뿐입니다.

투병이라 할 것도 없이 그저 버틸 뿐입니다. 시간이란 아무 의미도 없습니다. 해가 뜨는 걸 보고 밤이 오는 것을 보지만 하루가 어떻게 지났는지는 모릅니다. 잠에서 깨어나면 두 시간을 잤는지 5분을 잤는지 알 수 없었습니다.

지금 목숨을 부지하고 있는 이 집에서 피티에-살페트리에 병원으로 돌아가 눈을 뜨고 바라봅니다. 그러자 내 모습이 보입니다. 그리고 그곳 침대 속으로 돌아가보려고 애씁니다. 뒤를 돌아보며 3년 전의 단어를 지금 찾아보려는 모험을 감행하는 것입니다. 단어의 형해를 찾아봅니다. 흐릿하지 않게. 애무도 없이. 그리고 당신에게 편지를 씁니다. 나를 감싸고 있는 당신, 내 삶 속에서 그 한 달 동안 부재했던 당신에게. 지금 이 순간 무엇보다도 명약관화한 첫 번째 진실은 나는 그때 당신이나 문학을 생각하지 않았다는 점입니다.

나는 건강했고 많이 공부했고 행복하게 살았습니다. 내 첫번째 소설이 막 발간될 참이었죠. 가끔 피곤했지만 그뿐이었습니다. 전날 저녁 두블-퀘르와 만나기로 했었습니다. 하마터면 약속을 취소할 뻔했습니다. 졸음에 시달렸거든요. 그런데 내가 편집자에게 넘기기로 했던 『제로 전투기』를 막 읽었고 나는 그와 함께 작품에 대해 이야기하고 싶어 안달이 났었지요. 나는 억지로 잠을 떨쳐버렸습니다.

우리는 앙가르에서 식사를 했습니다. 우리는 매번 그랬던 것처럼 스트로고노프 소고기를 시켰고—그게 진짜 러시아식 요리인지는 나로선 정말 알 수 없었고 아마 외국인들만이 이런 요리 이름을 사용했을 겁니다—그는 내게 성공이야, 브라보, 라고 했습니다. 그러자 피곤이 단숨에 날아갔고 피곤이란 그저 한 고비만 넘기면 그만인 것이라는 생각이 들었죠. 손가락 하나 까닥하지 못할 것 같아서 푹 고꾸라져 있다가도 용기를 내어 한두 시간 버티면 마치 부활한 사람처럼 되살아나는 법인가봅니다.

다음날인 5월 3일 금요일, 이른 아침에 강의를 들어야 했기 때문에 자명종이 7시에 울렸지만 나는 도무지 일어날 수 없었습니다. 그래서 그냥 포기했죠. 머리가 조금 아팠지만 포도주 탓이라고 생각했습니다. 다음 강의는 11시에 있고 말라르메의 시 「구원」에 관한 문체론이었습니다. 얼른 일어나서 이 강의를 듣고 집에 돌아와 한숨 자야겠다고 생각했습니다. 탈진한 느낌이 들었지만 아무튼 그렇게 했습니다. 시는 이런 구절로 끝났습니다. '우리 돛의 하얀 근심.' 교수님은 현학적 해설을 했고 나는 거기에 문자 그대로 압도당했습니다. 오늘도 나는 이 시의 세 가지 '동질이형'을 기억하고 있습니다. 나는 8음절 리듬을 좋아합니다. 단어 앞에서 그리도 힘겹게 우물거리는 나로서는 마지막 구절의 '우리'라는 너그러운 범주 속에 비록 작지만 내 자리도 있으리라 확신합니다. 거기에서 나는 내가 있어야만 하는 곳에 자리했다는 느낌이 들고 거기에 끼려고 노력한 내 자신이 대견했습니다. 몇 가지만 제외한다면 거기서 기꺼이 죽을 수도 있었을 겁니다. 다른 사람들에겐 불건전하게 보일 테지만 나에게는 전혀 의미없는 것도 아닙니다. 이 나이에 학교로 돌아가 죽는 것, 피가 눈에 몰려 눈앞이 깜깜해지기 전에 '우리 돛의 하얀 근심'이란 구절을 듣는 것.

　나는 집으로 돌아와 뭔가 조금 먹으려고 노력했고 침대

에 누워 애써 잠을 청했습니다. 나의 오랜 동반자인 경련 안정제의 효과가 나는 것 같았지요. 초인종이 울렸습니다. 3시니까 아마 딸아이의 피아노 선생님이었을 겁니다. 악셀이 늦게 오는구나, 라고 생각했지요. 나는 문을 열다가 쓰러졌습니다. 의식이 되돌아왔을 때 주변에서 딸아이, 수위 아줌마, 남편, 긴급 구조원들이 왔다갔다하고 있었습니다. 그들이 전화로 의사와 이야기하는 소리가 들렸습니다. 갑자기 오른쪽 머리에서 통증이 시작되었습니다. 얼굴이 일그러지고 눈동자가 돌덩이처럼 굳는구나, 하는 생각이 들더군요. 내가 『제로 전투기』에서 썼던 문장입니다. 그러곤 이런 생각이 곧 꼬리를 물고 이어졌습니다. 넌 알았던 거야. 글쓰기란 무해무독하지 않다는 것을. 넌 그 소설을 쓰지 말았어야 했어.

나는 여전히 의식을 되찾으려고 발버둥치고 있었지요. 말이 나오지 않았습니다. 으르렁거리는 짐승 소리만 나왔습니다. 나는 손가락으로 머리를 가리켰습니다. 또다른 이미지가 떠올랐습니다. 장갑. 내 얼굴이 장갑처럼 뒤집어지고 살갗이 정수리 끝까지 벗겨져 올라오는 모습. 병원에 가서 정밀검사를 받게 하기 위해 구조대원이 나를 들것에 실었습니다. 딸아이가 앰뷸런스를 따라 뛰어왔습니다. 따라가도 되냐고 묻는 소리가 들렸습니다. 구조대원은 딸아이를 차에 태워주더군요. 접이의자에 앉아 울음을 참고 있는 심각한 아이의 얼굴을 보았습니다. 나는 영원히 그 모습을 잊지 않을 겁니다. 지금의 저는 밑 빠진 독이지만 이 독 안에라도 그 기억이 남아 있기를.

무척 아팠습니다. 앰뷸런스가 덜컹거리고, 구조대원들의 분주한 움직임이 느껴졌습니다. 그러나 아무것도 두렵지 않았습니다. 의식이 깨어날 때마다 내 뇌는 어떤 두려움도 느끼지 않고 정확하고 체계적으로 작동했으니까요. 마지막으로 본 것이 비샤 병원 입구고 마지막으로 들은 단어가 스캐너, 그러곤 깜깜한 의식의 단절. 진정으로 첫번째 단절.

내가 응급실 문 뒤로 사라지자 아이만 혼자 남았겠지요. 떠나버린 엄마, 시트에 덮여 있던 엄마에 대한 기억만 껴안고 홀로 남은 아이. 엄마가 입었던 옷을 넘겨받은 아이는 그것을 들고 집으로 돌아갔을 테지요. 그리고 아이는 강아지처럼 옷에 코를 박고 엄마의 냄새를 맡았을 겁니다. 아니면 옷을 빨래통에 던져버리고 친구들에게 전화를 했을 수도 있습니다. 저기, 병원에 있는 엄마는 어둠 속, 원통 스캐너 속에서, 머리에 몰리는 피 속에 빠져 있을 텐데요. 아니다. 그만둬. 너는 그런 것을 상상할 권리가 없어. 그런 모습을 상상할 권리가 없는 거야. 공포는 네 앞에 저 멀리에 있잖아. 너는 그것을 지금 네 안에 집어넣고 있는 중이야. 너는 아무것도 상상하지 말고 네가 겪은 것이 무엇인지를 알려고 노력해야만 해.

진실, 오로지 진실, 체험의 도장이 찍힌 진리만을 말할 것. 그 외 다른 것을 쓰는 것을 자신에게 허용하지 말 것. 양념을 치지 말 것.

텍스트의 감상주의와 한결같이 실험적이고 하나같이 피곤한 무한한 형식 변화와 대면했을 때 유일한 출구, 나에게 남은 유일한 의지처, 글쓰기의 유일한 정당성은 체험이며 내게 남은 유일한 문제점은 그것을 숫자처럼 벌거벗은 언어로 번역하는 것입니다. 단어가 숫자와 다른 점은 덧셈만 있을 뿐 결코 뺄셈이 없다는 것입니다. 한번 씌어진 글자는 영원히 그 상태로 남지요.

가끔 거짓말을 한다는 것은 하나의 사기, 타협, 우리 안에 서식하는 무기력과 모호함의 증거라는 생각이 듭니다.

피티에-살페트리에 병원의 회복실. 내가 어떻게 이곳에 왔는지 모르겠습니다. 어떻게 눈을 뜨게 되었는지도 모르겠습니다. 내 침대에서 그리 멀지 않은 곳에 나처럼 요란하게 삑삑거리기 시작하는 기계에 연결되어 있는 환자가 있습니다. 그 사람에게는 아무도 귀를 기울이지 않습니다. 여기서는 아무도 비명을 지르지 않지요. 그러기엔 너무 허약한 사람들뿐입니다. 그의 얼굴을 한번도 보지 못했습니다. 그러려면 앉아야 하는데 그건 금지되었기 때문입니다. 그 환자가 죽었는지 어쨌는지는 모릅니다.

하루 두 번 30분씩 면회가 허락된 시간에 저는 한번도 혼자 있어본 적이 없었습니다. 가족, 가장 친한 여자친구인 아네트와 여의사가 차례로 내 침상을 지켰습니다. 한꺼번에 보고 싶다고 했지만 한 번에 두 명만 된다며 간호사가 내쫓았지요. 복도에서 기다려야 했던 그들에게 참 미안했습니다. 나를 알현하기 위해 복도에서 기다려야 한다니 말이나 됩니까? 엄마가 딸기를 가져왔는데 제철이었습니다. 프랑수아와 악셀은 내게 인디언 팔찌를 주었습니다. 모두가 참 친절했습니다.

모두들 이렇게 말했지요. 아무 걱정 말고 안정을 취하세요. 그러나 나는 시험준비를 하는 중이었고 그것 때문에 머리가 터질 지경이었습니다. 그런 점에서도 리오바, 당신과 나는 공통점이 있고 그래서 나는 당신을 은은하게 사랑합니다. 마흔두 살에 당신은 그리스어를 배웠지요. 교수를 초빙해서 미친 듯 파고들었지요. 바로 직전에는 허기진 사람처럼 허겁지겁 쇼펜하우어를 몽땅 섭렵한 뒤 감탄했었지요. 당신은 영원한 학생이었습니다. 나도 마찬가지입니다. 그러나 당신은 독학자이자 분노에 찬 학생이었지만 나는 선생님을 존경하는 순종적인 학생입니다. 당신은 여느 때처럼 당당하게 이렇게 단언한 적이 있었지요. 여자는 그들의 히스테리 덕분에 교수가 행사하는 최면술을 훨씬 더 잘 받아들여서 남자들보다 나은 학생이라고요. 틀린 말은 아닐 겁니다. 모든 반에서 일등은 모두 여자니까요! 아무튼 그건 중요하지 않습니다. 우리 둘은 아이처럼, 아이보다도 더 배우는 걸 좋아했습니다.

리오바, 내가 여전히 살아 있음을 알 수 있는 것은 심장이 뛰고 있어서가 아닙니다. 당신에 대한 나의 생각, 우리 두 사람 사이에서 순간적으로 분출하는 유대감, 내 느낌과 존재의 희열을 열 배로 증폭시키는 당신과 나의 관계, 씨줄과 날줄로 직조된 듯한 이러한 관계 덕분입니다.

호머부터 시작되어 유장하게 이어지며 축적된 텍스트는 대학의 엄청난 보물입니다. 대학에서 책은 열려 있습니다. 그것은 사람들이 약탈해가길 기다리고 있습니다. 사람들이 먹어주길 기다리고 있습니다. 모든 사람의 식성에 맞는 모든 책이 있습니다. 사람들은 그걸 모르고 있을 뿐입니다. 〈청소년 법률보호협회〉에서 저와 함께 일하는 젊은이들은 자신들의 상상력을 위해서는 아무것도 먹지 않았더군요. 상상력은 영양실조에 걸려 뼈만 남은 꼴이죠. 프레베르의 시 「키스해주세요」를 그들에게 읽게 했습니다. 래티시아는 책에 그런 말이 있는 줄 몰랐다고 벌린 입을 다물지 못하더군요. 그녀는 시를 외우고 싶어했습니다.

나는 당신이 학교에 대해 관심을 가졌던 점을 사랑합니다. 직접 철자법 책도 쓰셨고 당신 마을의 아이들을 위해 초등학교 선생님으로 나서기도 하셨지요. 나는 책이 모든 이에게 하나같이 어떤 생리적 욕구와 같은 것이 될 수 있도록 하는 일을 하고 있습니다. 제가 읽은 바에 따르면 당신도 당신 학교에 다니는 농부의 어린 자식들에게 옛날 이야기를 쓰게 해서 출판을 하려고 했더군요. 아이들은 항상 똑같은 소리만 합니다. 변함없이 순진한 이야기만 늘어놓지요. 우리를 움직이게 하는 것은 이론적 저술들이 아니라 바로 이런 것입니다.

내가 당신에게 편지를 쓰고 있는 이 마을에는 아이들이 고작해야 네 명뿐입니다. 학교는 문을 닫았지요. 살아서 일하는 어른보다 죽은 사람을 기리는 기념비에 새겨진 이름이 더 많습니다. 죽은 사람의 기념비는 우리 집 바로 곁, 학교 정면에 있습니다. 나는 그 이름들을 하나 하나 읽어보려고 나갔습니다. 1940년 전쟁때 죽은 사람의 이름은 1914년에 죽은 사람의 이름이 새겨진 자리 다음에 덧붙여졌더군요. 네 명 대 열여섯 명. 사람들은 똑같은 살육에 항상 제대로 준비되어 있지 못합니다.

나는 마을에서 종종 이런 일을 시킵니다. 조국을 위해 죽은 사람의 이름을 읽어보라고. 나는 그들과 지워진 역사에 대해 생각합니다. 우리 집도 독일군에 의해 점령당했던 것 같습니다. 농부가 해준 말에 따르면 점령군 장교는 정중했던 편이고 친절했다고까지 할 수 있는 사람이었는데 소련 전선에 배속되자 낙망했다고 합니다. 자신이 도살장으로 간다는 것을 알았던 거죠. 그의 부대 병사들은 소련 전선에 가지 않으려고 그 지방 숲에 숨었다고 합니다. 그건 알려지지 않은 일이고 그런 것은 사람과 사람을 가깝게 해주는 것입니다.

엄마는 외과의사가 나를 진찰하고 내가 처한 상황을 설명해주기 위해 왔다고 하더군요. 그는 혈관성 경련을 수술하기 위해 기다렸습니다. 엄마 말을 그대로 믿고 싶지만 아무것도 기억나지 않습니다. 그것은 암시나 마들렌 과자를 통해 되살아날 수 있는 어떤 것, 망각 같은 것이 아닙니다. 그것은 부재증명 같은 것입니다. 그때 처음으로 내 머리가 밑 빠진 독이란 걸 알았습니다. 내 삶의 어떤 것들이 곧장 구멍 속으로 빠지는 겁니다. 병원에서 나온 지 3년이 되었는데 내 기억은 여전히 밑 빠진 독입니다. 동맥류 단절로 인해 깊게 패었던 큰 구멍들은 이제 더이상 존재하지 않지만 그 자리에 무수한 조그만 구멍이 생겨 물건을 둔 장소, 차를 주차했던 장소에 대한 의식이 새어나갑니다. 우연히 자동차 번호가 떠오르길 기대하며 내가 사는 동네를 헤매기도 했습니다. 모든 것이 조금씩 사라지고 그 구멍들 속으로 새어나갈 것이란 것을 나는 알고 있고 느끼고 있습니다. 사랑의 기억―너와 내가 어떻게 키스했더라?―이나 통통한 내 아기의 몸에 대한 기억도 사라질 것입니다. 모든 것이 사라지고 오로지 지워버리고 싶은 것만 남을 것입니다. 내가 했던 나쁜 짓과 남이 내게 했던 나쁜 짓.

어느 날 아침 어떤 여자가 오더니 머릿속의 혈액순환을 기록하겠다며 내 귀에 기계를 꽂았습니다. 바닷소리와 비슷한데 그보다 더 규칙적이고 더 빠른 소리가 들렸습니다. 파도, 그것은 나의 피였습니다. 내 육체, 내가 느낀 것을 당신에게 말하려니까 은유법을 쓰지 않을 수 없군요.

내 몸은 가장 가까운 나의 자산이면서도 다른 것의 매개를 통해서만이 알 수 있는 것입니다. 외부를 일컫는 정확한 단어는 있습니다. 예컨대 마른 몸, 백인, 뼈만 남은 체구. 카메라를 내 몸 속에 삽입하고는 내가 알아들을 수 없는 단어로 각 요소를 지칭하는 사람들과는 달리 나는 내부를 지칭하는 단어는 모릅니다. 내 몸의 내부는 내게 외국어인 셈입니다.

그래서 난 나의 내부를 그들에게 줘버렸습니다. 내 몸을 가져가세요, 주사를 놓으시죠, 검사를 하세요. 자기공명검사, 동맥검사, 개두 수술. 자, 내 머릿속으로 들어와 뇌를 열어보시죠. 내 몸은 당신을 신뢰하며 안심하고 맡기는 물건입니다. 고맙습니다.

내 고통의 특징이 어땠는지는 잘 기억나지 않지만 내가 아닌 다른 누군가에 의해 침략당하고 짓눌리고 점령당했다는 느낌만은 생생합니다. 그 고통을 말로 옮기는 데에는 속수무책입니다. 오늘 두통이 몰려오자 이 고통의 발작, 동맥류 단절로 인한 뇌충혈의 발작을 의식하지 못하면 어떻게 될까 두려웠습니다. 혹시 정말 뇌충혈이 생겼다면 말입니다.

당신은 내 글을 읽고 이렇게 생각하시겠지요. 이 여자는 무척 고통을 받았구나. 모든 사람이 그렇게 생각합니다. 당신에게는 진실을 고백하겠습니다. 그래요, 고통스럽습니다. 그러나 고통은 아무것도 아닙니다. 문자 그대로 한바탕 어수선한 상태입니다. 그 증거로 고통도 이미 밑 빠진 독 아래로 빠져 나가버렸습니다. 남아 있는 것이라곤 동맥류와 입원에 대한 나의 가장 깊은 체험입니다. 그리고 그것을 내가 글로 옮기는 이유는 그것마저도 빠져나가면 당신이 그 기억을 내게 상기시켜주길 바라기 때문입니다. 내가 희열의 기억이라고 부르는 기억말입니다. 하나의 희열, 희열들이 아니라 희열 그 자체입니다.

피티에-살페트리에 병원에서 아프지 않을 때의 삶은 너무 강렬한 쾌락이라 나는 끊임없이 감동을 받습니다. 소시지 국수를 세 입 먹으면 그것은 왕의 관능, 비할 데 없는 관능입니다. 6개월 후 출판사는 〈공쿠르 상〉 수상을 축하한다며 나를 카비아르 카스피아 식당으로 초대했습니다. 그곳에서 난생 처음 이란산 회색 캐비아를 맛보았습니다. 물론 감미로웠지만 나는 병원의 국수를 떠올렸고 당신과 달리 나는 귀리맛을 즐기기 않기 때문에 캐비아는 귀리국수와도 비교하기 어려웠습니다.

실내를 환히 밝히는 햇살, 그 청명함, 창문의 그 투명함에 눈이 휘둥그레졌습니다. 하늘에서 5월을 보았던 겁니다. 주사를 놓기 위해 내 팔목을 잡던 나탈리 손의 그 신선함이 느껴졌습니다. 그녀와의 접촉이 얼마나 부드러웠는지! 그리고 그 음성이란! 어찌도 그런 미풍 같은 음성을 가질 수 있을까? 수간호사와 함께 그녀는 침대 머리맡에 쓰레기 봉투를 깔고 내 머리를 감겨주었습니다. 물뿌리개로 내 머리에 물을 부으면 미지근한 물이 피부로 흘러내려 봉투까지 적셨습니다. 나탈리가 부드럽게 머리를 문질렀습니다. 그녀는 말없이 아주 정신을 집중해서 머리를 감겨주었습니다. 그녀는 힘을 주지 않았지만 그녀의 섬세한 손가락 하나 하나를 느낄 수 있었습니다. 그리고 스펀지로 머리를 닦아주고 수건으로 애무하듯 말려주었죠. 이런 미용사가 어디 있겠습니까? 그녀는 성자입니다.

　여기에서는 자다가 악몽을 꾸지 않습니다. 자주 크리스마스의 꿈을 꿉니다. 가지에 촛불이 매달린 소나무를 봅니다. 꽃전등 장식도 봅니다. 물론 당신의 이반 일리치가 떠오릅니다. 누군가가 그를 깜깜한 자루 속에 처넣었는데 그는 그 자루 끝에서 햇살이 비치는 꿈을 꾸지요. 안나 카레니나도 빛을 보았지요.

　혼수상태에서 살아났거나 극한적 상황을 체험한 사람들은 빛을 보았다는 말을 하지요. 나는 크리스마스의 촛불, 작고 따뜻한 무수한 불꽃을 보았습니다. 그것이 죽음일까요? 어린시절부터 나를 따라다녔던 모든 무서운 이미지들, 예컨대 부서진 집의 담장에 매달려 있는 종이 조각, 부서진 고철 더미, 벽을 들이박은 트럭과 같은 교통사고 광경, 아우슈비츠, 수단, 네이팜탄 등 역사에 의해 누적된 이미지로서 우리 상상력에서 공포의 핵심을 이루는 모든 것들이 크리스마스 트리의 그 평온한 촛불의 불빛으로 모두 씻겨 없어질 수 있을까요? 이 무슨 농담이란 말입니까!

　그리고 정상적 궤도에서 벗어나는 느낌이 불현듯 뒤통수를 때리듯 느껴지는 것, 말하는 법을 잊을 거라는 두려움, 말년에 커피와 카피처럼 비슷한 소리의 단어를 혼동했던 할머니처럼 사물의 의미를 더이상 알지 못할 것 같고 의미를 잃고 표류하는 물질이 될지 모른다는 공포, 내 종말의 서곡처럼 보이는 이 모든 것이 한낱 환상에 불과했던 것일까요? 나는 죽음을 양말 속에 담긴 선물처럼 기꺼이 받아들이며 크리스마스 트리 밑에서 잠든 채 죽게 될 겁니다. 두려움 속에서 기다렸던 혈관 장애가 자칫 악화되거나 나의 뇌가 더이상 충혈을 견디지 못한다면 내게 준비된 죽음은 이런 것일 테지요.

　설명하는 것은 너무 쉽습니다. 그건 아편 때문이었다고. 그래요, 아편 때문이었습니다. 다른 환자에게도 물어보았습니다. 아편을 많이 복용했던 사람들은 누구도 즐거웠다는 표현은 쓰지 않았지만 평안감, 가벼운 느낌, 조화로운 느낌을 증언했습니다. 그렇습니다. 당신처럼 건강에 대해 강박관념을 가진 두블-퀘르의 낡은 라루스 의학사전이나 프티 로베르 사전에는 아편의 마취와 수면 효과만 나왔지만 아편이란 이런 것이었습니다. 식민지의 백인들이 겪었던 아편의 위험성에 대해 나는 집안 어른들로부터 종종 이런 말을 듣긴 했지요. 행복한 사람이 아니라 쓰레기가 된다고.

그래요, 나의 즐거움 속에 화학과 공학이 있었다는 점을 인정합니다. 인정하지만 무시합니다. 중요한 점은 아니었으니까요.

반면에 내가 인정할 수 없는 것은 당신이 그토록 유려하게 썼던 '죽음은 기쁨을 준다'라는 문장입니다. 왜냐하면 그렇지 않기 때문입니다. 내가 느낀 것은 정확하게 반대였습니다. 내가 당신을 부여잡고 당신이 인정할 때까지 자두나무 흔들듯 당신을 뒤흔들고 싶고, 그래요, 목숨을 부지하며 살아 있는 사람이 느끼는 진정한 기쁨에 대한 확신을 갖고 이런 삶을 계속하는 것이 백번 천번 옳다는 것을 당신이 인정하도록 하고 싶은 이유가 여기에 있는 것입니다.

나는 긴급 구조대의 차를 타고 이곳에 왔습니다. 나를 아는 사람은 아무도 없습니다. 그들은 나를 구하려고 최선을 다했습니다. 내 생명의 은인이지요. 내가 그들에게 무엇이었을까요? 아무것도. 당신은 이렇게 말하겠지요. 그들은 그런 일을 하며 월급받는 사람들이라고. 맞는 말입니다. 이렇게도 말하겠지요. 그들이 추구한 것은 그들 자신의 밥벌이이고, 당신의 경우는 그들에게 당신이 내밀었던 거울이었다고. 맞는 말입니다. 그렇다고 해도 내가 진정으로 행복했던 것은 한 달 동안 내 생명에 무심하거나 혹은 극도의 관심을 표명하지 않거나 완벽한 친절을 베풀지 않았던 사람은 없었다는 점입니다. 그들 누구도 내가 예외적이었거나 내가 그들에게 호의적이었기 때문에 그렇게 행동한 것이 아니었습니다. 그렇습니다. 그들은 오로지 자기 일을 했던 것뿐입니다. 그리고 그들이 그렇게 했던 것은 나를 구하려는 사회조직의 의도에 따라 움직였기 때문입니다. 나, 바로 나를 구하기 위해서. 병원 전체 그리고 병원에 속해 있는 모든 연구, 기술, 산업, 내가 아닌 타인들이 내가 살기를 바랐던 겁니다. 그것이 내가 발견한 것입니다.

내 피부에 벌써 주름살이 있어도 상관없고 그것은 전혀 중요하지 않았으며 나의 작은 몸은 모든 사람의 선의에 내맡겨졌습니다. 병원에서 지낸 한 달 동안 나는 어떤 아기도 결코 겪어보지 못한 유년기, 있을 법한 모든 유년기를 무색케 하는 유년기를 보냈습니다. 내게 있어서 성인이란 죽음보다 강하고 모든 인간 관계를 선의로 해석할 줄 아는 사람들입니다. 나의 마음속 깊은 곳 어디엔가 그냥 고스란히 잠재되어 아직껏 발휘되지 않았던 나의 신뢰감을 나는 한 치의 거리낌없이 그들에게 내주었습니다. 한순간도 의심하지 않았습니다. 그리고 그런 내가 옳았습니다. 남자들, 여자들은 나의 손목을 잡고 네로와 칼리굴라의 손아귀에서 빼내주었습니다. 내가 아무것도 하지 않았음에도 불구하고 한 달 동안 내 잣대로 보기엔 하잘것없는 나에게 세상은 본질적으로 착했습니다. 운명의 은총, 인간의 지성과 너그러움. 선물이었습니다. 이 말은 꼭 해야만 하겠지요. 코소보에서 전쟁소식이 날아들던 그 여름, 내가 아니면 누가 이 말을 하겠습니까?

내가 사회에 지불한 1천2백 프랑, 그러니까 하루당 40 프랑으로 나는 매순간 악의 뿌리를 뽑는 치료를 받았습니다. 이 말은 꼭 해야만 합니다. 당신은 믿어주셔야 합니다. 이런 체험이 당신의 비폭력 공동체에서만 벌어지는 것만은 아닙니다. 그것은 우리 사회조직의 가장 말단, 가장 고도로 발달된 분야에서도 있을 수 있는 것입니다. 나는 긴급 구조대의 구원을 받은 모든 이를 대표해서 이런 말을 하는 겁니다. 우리들의 비중은 전쟁이나 사회의 구조조정에 의해 파괴된 사람들보다는 덜합니다. 그러나 우리는 여기에 있고, 과학이 대포의 화약을 발명했다는 이유로 당신은 우리를 무시해서는 절대 안됩니다. 내 생명이 중요하기 때문만도 아닙니다. 나와 내 친지 못지않게 다른 사람에게도 내 생명이 중요한지는 모르겠습니다. 그러나 병원의 모든 의료진에게 생명은 중요합니다. 환자를 받을 때마다 그들은 당신 생각은 틀린 것이고 사회가 가장 약한 자의 죽음을 원하는 것만은 아니며 적어도 여기 하나의 예가 있지 않느냐고 외치고 있습니다. 내가 바로 그것을 체험한 것이란 말입니다.

그것은 감각적이자 감정적이며 철학적이며 전복적인 힘을 지닌 체험입니다. 그 힘이 내 안에 내장되었습니다. 그 힘은 내가 살기를 바랍니다. 그리고 이상하게도 그 덕분에 나는 타인의 고통, 특히 나와 가까운 사람의 고통에 극도로, 가끔은 피곤할 정도로 민감하게 되었습니다. 마치 이런 극단적 희열이 이면을 드러나게 하면서 그 이면의 지식을 증폭시키는 것 같았지요. 춥다고 말하는 두블-퀘르의 얼굴을 보면.

내가 할 수 있는 말이란 이런 광기에 대한 것뿐입니다. 병원이란 그 자체가 행복, 전복적인 행복이었다고. 리오바, 이런 생각을 하면 내가 미친 것 같아서 두렵습니다. 비정상적으로 된 것이 아닌지.

내 행운에 대해서도 겁이 납니다. 이 행운을 어떻게 감당할 것인가? 운명이 내린 은총? 쓰러지기 며칠 전, 잡지사 편집장이 내게 단편소설 한 편을 청탁했습니다. 간절하게 누군가가 알아주길 기원했던 터라 허겁지겁 수락했지요. 나는 퇴원하고 한 달 뒤에 전화를 했습니다. 그리고 원고가 늦어진 이유를 설명했지요. 그는 대화를 멈췄습니다. 그의 부인이 동맥류로 죽었던 것입니다. 나의 이기적 기쁨이 그에게는 참을 수 없는 고통이었지요. 그는 전화를 끊어버렸습니다.

나의 기쁨은 병원에서 누렸던 행복과는 다른 행복, 석 달 전부터 누렸던 행복에 더해진 행복이었습니다. 내 책 『제로 전투기』가 곧 발간될 것입니다. 믿어지지 않습니다. 여름이 끝나갈 무렵 나올 것이랍니다. 회복실의 침대에 눕자마자 그 생각부터 했지요. 아직 존재하지 않지만 서점의 진열대에 놓여 있는 그 책이 눈에 선합니다. 그 책을 들고 훑어보는 사람들이 보입니다. 엄청난 행복이 밀려와 내 곁을 떠나지 않습니다. 그리고 내가 죽음의 구렁텅이로 떨어지지 않도록 커다란 빨판이 되어 나를 빨아들입니다. 이 사건에 내가 불참한다는 것은 말도 되지 않습니다. 나의 기쁨은 외과의사와 출판사를 혼동하고 있습니다. 내가 살아난 것이 유명세에 파묻히기 위한 것인지 아닌지는 알 필요도 없습니다.

내가 행복 속에서, 위험에 대한 무지 속에서 헤엄치고 있던 동안 다른 사람들은 고생을 했습니다. 나를 사랑하는 사람들은 두려움을 감추고 있었지요. 딸아이는 놀랄 만한 힘을 보여주었습니다. 외과의사는 혈관 경련 때문에 여전히 수술을 하지 못하고 있습니다.

두블-쿼르는 내 대신 『제로 전투기』의 원고를 출판사에 넘기고 보고타로 도망치듯 떠났습니다. 내가 죽어도 두블-쿼르는 여기 없을 것입니다. 당연하지요. 그도 병들어 있었 거든요. 내가 그의 역할을 찬탈한 꼴이 되었으니 참기 힘들었던 것입니다. 우리 부부는 삶은 내 몫이고 죽음은 그 사람 몫으로 역할을 분담해왔습니다. 그는 내게서 삶의 풍경만을 보아야 했고 나는 그에게서 죽음의 풍경만을 보아야 했던 것입니다. 그것은 일종의 의무, 두 사람 중 누구도 빠져나갈 수 없는 숙제 같은 것이죠. 나는 삶을 맡았었습니다. 그런데 그가 이미 모든 걸 망쳐버렸습니다. 그렇습니다. 그는 가족의 애도에 끼여들고 싶지 않았던 거죠. 매일 얼굴을 맞대고 사는 사이인데 그는 내게 새해 연하장을 보냈습니다. 내가 당신을 좋아하는 걸 알고 그는 러시아 시골을 배경으로 당신의 말 델리르를 타고 있는 사진의 엽서를 골랐더군요. 적어도 여든 살은 되었을 모습이었습니다. 그 사진을 내 책상 위에 붙여놓았습니다. (태양, 흙냄새, 발자국 소리, 당신 말의 숨소리. 사진을 볼 때마다 나는 당신과 더불어 향수에 젖어 러시아의 시골에서 사는 것 같습니다.) 그는 이렇게 편지를 끝맺었습니다. "우리가 마지막으로 땅에 발을 내딛기 전까지." 두블-퀘르는 바로 올해에 내가 선수를 쳐서 말에서 먼저 내릴 것이라곤 꿈에도 생각하지 못하고 있었지요. 그는 무심코 아무 말이나 한 것입니다.

나는 그에게 메모를 썼고 악셀에게 팩스로 보내라고 했습니다. 처음에는 글씨가 탄탄했는데 점차 엉망으로 휘청거리며 밑으로 쳐졌습니다. 반쯤은 약에 취해 있었지만 나의 심사가 고약하게 뒤틀렸던 것입니다.

당신은 지구 반대편에서 멋대로 살고 있지만 내 글씨체를 보세요. 지금 이 순간 내가 얼마나 힘없이 죽어가는지 똑똑히 보세요. 떠나세요, 여길 떠나세요, 라고 한 내 말이 곁에 있어달라는 뜻이었음을 당신은 이해하지 못했습니다.

죽는 것이 내가 부리는 고약한 심통에 불과한 걸까요? 내가 살아 있는 한 가지 이유는 사랑의 계략 때문입니다. 나의 죽음은 두블-퀘르를 불편하게 하기 위해서입니다.

내 딸은 이런 계략과는 아무 상관없습니다. 그 아이는 가장 순결한 다이아몬드의 순수성을 지니고 있습니다. 그녀는 본질적으로 삶의 본능 그 자체입니다. 그녀의 의지는 놀라울 정도입니다. 그녀는 한번도 내게 불안한 모습을 보이지 않았습니다. 매일 그 자리에서 입가에 미소를 띠고 있었 지요. 그녀의 힘이 느껴졌습니다. 그녀는 내가 사랑하는 사 람들이 방안에 있도록 하기 위해 그들의 사진을 내 발치에 놓아두었습니다. 그녀는 나를 산 사람 곁에 붙잡아두기 위 한 머리 싸움을 하고 있었던 것입니다.

이 대목에서 생각나는 게 없나요?

나는 있습니다. 수놓은 베개 이야기가 생각납니다. 당신 부인은 신문에서 당신이 아스타포보에서 죽어가고 있다는 걸 알고는 거기로 달려갔죠. 그녀는 당신이 베고 자던 베개 를 갖고 갔습니다. 사람들이 방에 들어가지 못하게 말리는 바람에 그녀는 당신 머리 밑에 깔아드리라며 의사 마코비 치에게 베개를 맡겨야만 했습니다. 의사는 베개가 어디에 서 온 것인지 대해서는 아무렇게나 둘러댔습니다. 당신은 그것이 부인의 뜻이 담긴 것인 줄 몰랐던 것입니다. 아무튼 그건 중요하지 않습니다. 당신은 그것을 베고 죽었습니다. 베개를 통해 부인은 당신 곁에 있었고 당신은 계속해서 그 녀 위에서 편히 쉬었던 것입니다. 그녀 위에 누워, 그녀에 대한 불평을 하면서. 툴라에서 온 특별 열차에서 그녀가 통 곡과 탄식을 반복하는 동안 당신은 산책에 대한 추억, 램프 곁에서 당신 원고를 정서해주던 그녀와 함께 보낸 저녁나절에 대한 추억으로 마음이 착잡했을 테지요? 당신은 죽을 수 없었죠. 그렇지요? 그토록 삶의 체취가 풍겨나오는 베게를 베고 있었으니까요.

지금에야 기억납니다. 외과의사가 왔었어요. 그는 벽에 걸린 진찰 기록판을 보았습니다. 누구나 내 방에 들어서면 항상 벽에 걸린 기록판을 한동안 바라봅니다. 나는 그의 등, 곱슬머리를 조금 앞으로 숙이고 있는 뒷머리를 보았습니다. 그는 내게 말했지요. 내일이나 모레 수술해야겠습니다. 그가 손톱을 물어뜯는 모습이 눈에 들어오더군요. 누군가가 내 뇌를 건드리겠구나, 저렇게 물어뜯은 손톱으로. 그가 방을 나갔을 때 처음으로 나는 다시 깨어나지 못할 위험에 직면할지도 모른다는 생각이 아주 또렷하게 들었습니다. 그리고 아무것도 느끼지 못했습니다. 아무런 감정도 없었습니다. 나의 뇌는 계산을 했지요. '너는 심각할 정도로 내일 죽을 가능성이 있다.' 그러나 이것은 추상적 개념으로 남았습니다. 내가 믿지 않는 것으로. 아마도 내 감성이 이미 죽은 거나 다름없었기 때문일 겁니다.

두려움을 찾아보았습니다. 찾지 못했지요. 그러나 나의 머리는 죽음 앞에서 뭔가 해야만 할 것이 있다고 내게 말해 주었습니다. 죽음이 하나의 가능성에 불과할지는 모르겠지만, 나는 무엇을 해야 할지, 어떤 역할을 해야 할지 몰랐습니다. 내 죽음의 가능성을 믿는 것처럼, 마치 내가 곧 죽을 것처럼 절박하게 행동해야만 했습니다. 이 '마치'란 표현이 내게는 죽음으로 가는 통로에 대한 분명하고 유일한 기억처럼 보였다는 것입니다. 두블-퀘르는 여행을 갈 적마다 자기 책상 위에 유서, 그리고 '읽지 말고 파기할 것'이란 말과 함께 진행중인 원고를 보란 듯 자기 책상 위에 두고 떠났습니다. 그의 모든 서류는 정리되어 있었고 더러운 양말 한 짝도 찾아볼 수 없습니다. 그러자 갑자기 한 가지 생각이 떠올랐습니다. 최후의 순간에 정리해야 할 것 같은 뭔가를 찾은 것입니다. 나는 간호사에게 종이 한 장을 부탁해서 —처방전처럼 병원 이름이 인쇄된 종이였습니다—필요할 경우에 나의 원고를 내 친구 야스미나에게 맡기라는 문학적 최후 결정을 편집인에게 전하는 편지를 썼습니다.

내가 체험했던 것에 하나의 형식을 부여하고자 애썼습니다. 내가 해야만 한다고 상상하는 것을 했던 겁니다. 마지막 메시지, 그것은 나쁜 소설입니다. 죄송합니다. 나는 모든 것을 상대로 싸운 것입니다. 나는 참고해야 할 것이 빈약하고 경험도 없고 혼자였습니다. 격식에 맞는 태도의 범주 속에 들어가야만 한다고 느꼈던 겁니다.

편지를 써서 간호사에게 주었습니다. 나는 점점 지쳐갔

습니다. 약에 취해 몽롱했던 것 같습니다. 의사는 수술 후에 좌측 마비나 언어 장애가 올지도 모르지만 일시적일 거라고 했습니다. 이곳에 온 지도 열이틀째입니다. 일상적인 두려움을 전혀 느끼지 못하는 것은 무슨 까닭일까요? 내가 겪은 일은 어려운 것이 아니었습니다. 그러나 내가 가족에게 강요한 것임을 뻔히 알고 있는 고통이 원망스러웠습니다.

수술이 진행된 다섯 시간 동안 부모님은 병원 대기실에 앉아 계셨습니다. 내가 나오면 엄마는 그 의자를 보여주려고 했습니다. 네 아빠와 내가 기다린 곳이 바로 저기란다. 내 딸 악셀은 아주 젊은 내 친구 중 하나인 실비와 함께 작은 레스토랑에 있었습니다. 두블-퀘르는 어디에 있었는지 모릅니다. 나는 들것에 실려 병원 지하실로 내려갔습니다. 왜 지하실에서 수술을 할까요? 낯선 두 사람을 보았습니다. 의사는 어디에 있는지 물어보았지요. 나중에 올 겁니다. 우리가 당신을 준비할 겁니다. 나를 준비한다고? 지금은 『성』에 나오는 K의 두 하인이 떠올라 웃음이 나오지만 그때는 그것이 서글펐습니다. 나는 마취당하기 전에 의사를 보고 싶었습니다. 나는 아마 약물 때문이었는지 너무 힘이 없었고 항의할 마음도 생기지 않았습니다.

죽지 않았다.

마취에서 깨어났을 때 누군가 내 손을 잡고 있길래 뿌리쳤습니다. 입에 호스가 물려 있어서 숨이 막혔습니다. 그걸 뽑아버리고 싶었던 겁니다. 누군가가 재빨리 뽑아주었고 금세 편해졌습니다.

간호사가 가족에게 알렸습니다. 환자는 지금 쇳덩이입니다. 이것이 그녀의 입에서 나온 표현입니다. 가족의 기쁨이 얼마나 컸을지는 누구도 상상할 수 없습니다. 그들이 신에게 기도했다고 생각합니다. 쇳덩이라니. 나중에 '고철덩어리'란 제목의 책을 쓸 계획입니다.

죽지 않았다. 사실들. 나는 사실들을 썼습니다. 1996년 5월 3일 난 동맥류에 걸렸고 죽지 않았습니다.

내가 기억하는 가장 강렬한 이미지, 그것은 내 눈으로 보지 못한 것입니다. 수술받는 동안 대기실에 나란히 앉아 기다리는 아버지와 어머니.

리오바, 오늘은 이 정도로 충분하니까 문을 열고 나가셔도 됩니다.

존경하는 리오바, 당신에게 편지를 쓰기 시작하며 질문 하나가 떠올랐는데 내 이야기를 하다보니 그만 파묻혀버렸 군요. 내내 머릿속을 떠나지 않는 질문이며 누군가가 죽었 을 때에 감히 큰소리로 묻지 못했던 것이기도 합니다.

　당신이 '영면의 절차'(토마스 베른하르트의 『숨결』에서 인 용—원주) 속에 들어갔다는 것을 당신은 알고 있었는지가 궁금합니다. 내 경우에는 죽음이 가까이 왔는데도 그것을 보지도, 느끼지도 못했습니다. 바로 이런 불안, 바로 그것 때문에 당신에게 편지를 쓰기로 했던 것입니다.

　사람은 자신이 죽는지 모르면서 죽는 걸까요? 하루도 사 라짐의 확신을 육체적으로 느끼지 않고 지난 적이 없습니 다. 우습게 들리겠지요. 나도 인정합니다. 한번의 강렬한 눈길만으로도 그 사람의 이미지가 마음속에 깊게 각인될 수 있습니다. 우리는 그저 잠을 자는 것이라고 믿게 하려고 죽어가는 사람의 눈을 감겨주지만(눈을 뜬 시체는 본 적이 없습니다) 그럼으로써 그 사람의 이미지를 죽인다는 것은 미처 생각하지 못합니다. 내 주치의를 만나러 가는 것은 죽 음과 싸우러 가는 것을 의미합니다. 이가 하나 빠지면 내 시체는 입부터 썩기 시작하겠지요. 시장에 갔다가도 다른 사람은 자기 일에 정신이 팔려 있는데 죽음은 길 한복판에서 내 목덜미를 잡고 있습니다. 그런데 단 한순간도 죽음을 보지도, 느끼지도 않은 곳이 바로 병원입니다.

이것이 치매일까요?(나의 뇌는 손상을 입었고 기억력도 흐려졌습니다) 광기, 과격한 현실부정, 또는 당신도 말했듯이 죽음까지도 하찮은 것이란 뜻일까요? 살아남은 사람에겐 아무것도 아닌 것. 그것을 본 사람에겐 전부인 것. 당신은 이제 알고 있겠지만 침묵할 수밖에 없는 처지지요. 당신은 여기, 내 곁에 있습니다. 나는 당신의 그림자에 덮여 있습니다. 당신은 내 글을 읽고 나의 말을 듣지만 당신의 이미지 속에 갇혀 있습니다. 이 고역은 누가 만들어낸 것일까요?

우리가 신을 믿었던 시절, 기독교 국가에서는 죽음을 준비하는 시간을 가지기 전까지는 신 곁으로 부르지 말기를 간구하는 기도가 있었습니다. 이 기도는 사라졌습니다. 우리는 이제 죽음이 무엇인지도 모르고 누구나 죽음을 희망합니다. 이상적 죽음이란 잠들어 있는 사이에 목숨이 다하는 것이라고들 말합니다. 문명이 발달하면 할수록 문명은 죽음의 문제에 대해 침묵합니다. 사람들은 장지를 지날 때 더이상 모자를 벗지 않습니다. 모자를 쓰지 않는 것도 그 이유이겠지만 이제 매장 자체가 더이상 눈에 띄지 않기 때문입니다. 사람들은 자신의 죽음을 병원 안에 감춥니다. 자신이 살고 사랑을 나누고 분노의 비명을 질렀던 침대가 아니라 병원을 마지막 침대로 삼습니다. 밤샘, 관을 덮는 휘장도 사라졌습니다. 영구차는 식구가 많은 가족이 바캉스를 갈 때 타는 대형 승용차를 닮았습니다. 테트라 파르 마콘.

대학의 젊은 라틴어 교수가 가르쳐준 에피쿠로스의 네 가지 처방이 떠오릅니다. 그는 그것을 믿었을까요? 조금 경멸기가 도는 그 멋진 입담으로 그는 무슨 생각을 했을까요? 고통이란 존재하지 않는다. 그것은 그냥 지나가는 것이니까. 죽음도 존재하지 않는다. 왜냐하면 그것을 확인하려 할 때에는 더이상 존재하지 않으니까. 신은 우리 인간은 안중에도 없다. 그는 우리가 잘되건 말건 상관하지 않으니까. 네번째 처방이 무엇인지 더이상 기억나지 않습니다.

죽은 뒤에는 더이상 그 자리에 없어서 그것이 무엇인지 알 수 없다는 말을 기꺼이 믿고 싶군요. 그러나 그렇다고 해도 우리가 살아 있는 상태에서 죽은 상태로 가는 순간, 우리가 죽어가고 있는 과정에 처한 순간이란 아무리 짧다 해도 있게 마련입니다. 에피쿠로스는 이 단계를 소거했습니다. 바로 이 점에 대해 그 라틴어 교수와 토론하고 싶었습니다. 그러나 우리는 에피쿠로스를 의미의 차원이 아니라 역사적 차원에서 이야기했습니다. 어찌되었던 간에 에피쿠로스 추종자들은 두려움이 없다고 주장합니다. 소크라테스의 경우 플라톤의 말에 따르면 죽음에 대해 대화하며 죽었습니다. 우리의 사고가 과학에 의존하는 지금 두려움의 일반적 강도는 높아졌습니다.

생각해보세요. 황금 손을 가진 내 주치의에게 난 왜 죽지 않았고 생명을 건졌느냐고 물었더니 그는 아직 당신의 때가 되지 않았으니까요, 라고 하더군요. 충격이었습니다. 그는 우리 모두가 몇 월 며칠에 죽도록 프로그램화되었다고 생각하는 걸까요? 전혀 의학적이지 않은 대답! 지금에서야 그가 얼마나 훌륭한지 알았습니다. 그의 겸허한 마음씨 때문만은 아닙니다. 때, 정해진 약속이란 표현뿐 아니라 바로 '당신의'라는 소유격 때문이었습니다. 아직은 '나의' 때가 아니란 것이죠. 그 사람, 그리고 의료진 전체가 아직도 나를 위해 뭔가를 할 수 있다는 겁니다. 그러나 누구도, 그 어느것도 나를 위해 속수무책일 때가 올 것입니다. 그리고 그때가 바로 나의 때, 완전한 나의 때, 누구와도 공유할 수 없는 유일한 나의 때일 것입니다. 아직까지 '나의' 때를 가져본 적은 없습니다. 의사인 그는 자기 때를 기다리며, 자신의 때는 괄호 안에 넣은 채 다른 사람들에게 찾아오는 때를 바라보며 자기 능력의 한계를 규칙적으로 실험하고 있었습니다. 그의 때는 어떨까요?

인류는 죽음의 개념에 익숙해지기 위한 연습을 고안해 냈습니다. 어떤 사람은 책상 위에 해골을 놓기도 하고 어떤 사람은 관 속에서 자기도 합니다. 당신은 습관적으로 저녁마다 일기에 다음 날짜를 적고 그 뒤에 S.J.V란 약자를 덧붙이곤 했지요. "만약 내일도 산다면"의 약자지요. 내일도 살아 있다면. 당신은 죽음을 예측하고 죽은 것은 절대 아니었습니다. 정반대였지요. 당신이 마지막으로 쓴 글은 이러했지요. "계획을 세웠다. 필요한 것을 할 것. 다른 사람, 이 모든 게 모든 사람뿐 아니라 특히 내 가족에게 쓸모가 있다." 1910년 11월 3일의 일이었지요.

6일, 당신은 베고 있던 베개에서 일어나 소리쳤지요. "꺼져버려. 꺼져." 당신은 7일에 죽었습니다. 당신은 단말마의 고통 속에서 자신이 '영면의 절차'에 들어선 것을 모르면서 마침내 자신이 원했던 삶을 시작하기 위해 여전히 계획을 세웠던 것입니다.

그런데 말입니다. 평생 동안 당신은 죽음을 생각했습니다. 어머니가 죽었을 때 당신은 두 살이었지요. 아버지가 죽었을 때에는 아홉 살이었구요. 할머니는 열 살, 보호자였던 아주머니는 당신이 열세 살 때 죽었습니다. 형 드미트리와 니콜라이는 각각 스물두 살, 서른두 살 때였습니다. 당신은 자식도 넷이나 잃었습니다. 당신은 세바스토폴 전투에도 참가하셨지요. 폭탄이 당신 코앞에서 터지기도 했습니다. 1882년 인구조사 때에는 모스크바의 감옥과 빈민굴, 굶어죽고 있는 사마라를 방문하기도 했지요.

당신의 일기는 당신이 겪었던 수많은 죽음의 공포를 증언하고 있습니다. 그 유명한 아르자마스의 밤, 당신은 죽음 "희고 빨갛고 네모난 공포"가 당신 방에 들어왔다고 믿었지요. 한때 너무도 자살에 매료된 나머지 당신은 당신이 그토록 좋아하던 사냥도 총구를 자신에게 돌릴까 두려워서 거부했었지요. 또한 "나는 행복한 사람이지만 매일 밤 옷을 벗다가 장롱 사이에 목을 맬까 두려워 구두끈을 감춰야만 했다"라고 썼지요.

리오바, 나는 아주 어릴 적부터 옷 벗는 것을 싫어했습니다. 자살 때문이 아니었습니다. 그런 생각은 한순간도 해본 적이 없어요. 옷 없는 육체의 빈약함 때문이었지요. 나는 그것이 보기 싫었습니다. 나는 서둘러 침대 시트를 끌어당겼지요. 서둘러 잠속에 빠져들었습니다. 그때나 지금이나 죽음의 개념을 견디기 위한 연습을 해볼 용기가 나지 않았습니다. 그런데 당신은 달랐습니다. 당신은 처음에는 죽음을 믿다가 다음에는 전혀 아무것도 믿지 않았습니다. 우선 존재의 부조리를 인정하다가 새로운 탄생, 아니 차라리 거대한 전체로의 회귀를 했습니다. 당신은 죽음을 원할 수 있는 능력을 바랐습니다.

출산하다가 죽은 젊은 여인, 전사한 사람, 늙은 왕자의 죽음, 아기의 죽음, 농부의 죽음, 부르주아의 죽음, 자살, 나무의 죽음, 말의 죽음. 이반 일리치 골로빈의 죽음, 바실리 안드레비치 브레크노프의 선생의 죽음, 그리고 죽음이 구원일 뿐 아니라 희열이었던 당신의 마지막 두 걸작인 『죽음 대신에 빛이 있었다』『그리고 돌연 희열이 완성되었다』에서의 죽음. 이렇듯 당신은 수십 차례 죽음에 대해 썼지요.

"그리고 지난번에 불렀던 자가 다시 그를 부르는 소리가 들렸다. 감격과 희열에 찬 존재 전체가 '자, 간다, 간다고'라고 외쳤다."

그러나 당신이 죽어갈 때에는? 1901년 일기에 당신은 이렇게 썼습니다.

"죽어가면서 이런 질문을 받고 싶다. 삶이란 당신이 고집스레 믿었던 것처럼 신에게 다가가는 것, 사랑의 증가라고 여전히 믿고 있습니까. 내가 말할 기운이 남아 있지 않고 그 대답이 그렇다, 라면 나는 눈을 꼭 감을 것이다. 만약 그렇지 않다면 눈을 뜰 것이다."

아스타포보의 사람들이 모두 그렇듯이 당신의 사랑하는 딸 샤샤도 당신의 일기를 외울 정도로 잘 알고 있었습니다. 내가 당신 딸이었다면 당신 손목을 정답게 잡고 대답을 재촉하며 물었을 겁니다. 아빠, 말해봐요. 사랑이 커가는 게 느껴져요?

왜 그녀는 그렇게 하지 않았을까요? 주변 사람들은 왜 이 질문을 하지 않았을까요? 아마 이런 질문을 하는 것은 당신 면선에 대고 리오바, 당신은 지금 죽어가고 있는 중이네요, 라고 말하는 꼴이 되기 때문이었을 겁니다. 육신을 버리는 '영면의 절차'에 들어가는 것을 거부하며 몸부림치며 싸우고 있는 당신의 모습을 뻔히 보면서 말입니다. 당신은 감히 죽는 사람의 입장이 되어 그들의 마지막 생각이 어떨 것이라고 주장했지만—희열이 완성되었도다—죽음의 사자가 당신의 몸에 스며들자 당신은 온몸을 떨며 헛소리를 하며 욕설을 퍼부었습니다. 숨 한번 내쉬는 것이 투쟁이 될 때 어디에서 희열을 찾을 수 있겠습니까? 꺼져, 꺼져버려. 오, 내 사랑이여, 당신의 죽음은 한심한 모습이었습니다. 가까운 사람들의 부담을 덜어주려고 애쓰는 담대한 사람의 죽음에도 못 미치는. 볼콘스키는 죽어가면서 딸에게 용서를 구했지요. 마지막 순간 화해를 하는 사람도 있습니다. 그런데 당신, 당신은 부인의 안부조차 묻지 않았지요? 그녀가 온 것을 당신은 알고 있었습니다. 일기에 그렇게 써놓았으니까요. 그런데 그녀와 화해하려 들지 않았습니다. 꺼져, 꺼져버려, 당신은 여전히 꺼져버리길 바랐습니다!

사람들은 자기가 죽고 있는지 모릅니다. 믿지 못할 정도로 강력하게 거부합니다. 아스타포보 역에서 이반 일리치는 당신에게 아무런 도움도 되지 못했습니다. 도대체 글을 왜 쓰는 걸까요? 리오바, 리오보츠카 선생님, 무엇 때문에 수십 년 동안 죽음에 대해 숙고했습니까? 왜 내가 아는 한 남자는 자기도 암에 걸려서 고통받고 있으면서도 암에 걸린 손녀, 그리고 부인을 존경할 만한 헌신으로 마지막 순간까지 돌봤을까요? 죽음에 대해 속속들이 잘 알고 있는 그는 병에 걸리던 날, 자신이 알고 있는 것을 몽땅 잊었습니다.

글쓰기란 우리에게 아무것도 가르쳐주지 않는 걸까요?

당신의 죽음은 당신에게는 한심한 것이었지만 우리에게는 훌륭한 소설 같은 일화입니다. 여든두 살에 이르자 당신은 떠나고 싶고 사라지고 싶은 욕구, 부인, 아이들, 제자, 유명세 등 모든 것을 내팽개치고 싶은 욕구를 하루도 빼놓지 않고 느꼈습니다. 실행할 용기는 없었지만 그것은 오래 전부터 당신이 꿈꾸던 것이었습니다. 그런데 그날 밤, 당신은 잠을 이루지 못하고 있던 차에 소냐가 체홉에게서 빼앗은 귀한 노트를 찾으려고 당신 서재를 수백 번씩 뒤지는 소리를 들었습니다. 당신은 갑자기 더이상 견딜 수가 없었지요. 30년 동안 품었던 계획이 갑작스런 충동에 의해 돌이킬 수 없는 결심으로 바뀐 것이지요.

당신은 소리없이 일어나 주치의 마코비치를 깨우고—당신은 의학을 경멸했지만 당신만큼 건강에 대한 강박관념에 시달린 사람도 없지요—당신이 가장 사랑했던 막내딸을 깨워 해가 뜨기 전에 살금살금 야스나야를 떠났습니다. 기차를 그토록 싫어했던 당신은 마코비치와 함께 역으로 갔습니다. 당신은 딱히 어디로 가야 할지 몰랐습니다.

처음에는 옵티노의 수도원, 그리고 당신 누이 마샤가 살고 있는 샤마르디노의 수녀원으로 갔지요. 그리고 오던 길을 거슬러 남쪽의 다뉴브, 카프카스 지방으로 갔습니다. 모든 것을 잊고 마침내 당신의 원칙에 따라 살 수 있는 오두막을 찾고 싶었던 거지요. 불필요한 욕망을 떨쳐버리고 자신에게 필요한 것을 직접 생산하고 타인에게 어떤 폭력이나 강압을 행하지 않는다는 원칙 말입니다. 자신의 원칙에 충실하고자 당신은 삼등 열차를 탔다가 그만 감기에 걸렸지요.

로스토프로 가는 열차에서 40도가 넘는 신열 때문에 당신은 아스타포보의 조그만 역에서 내려야만 했습니다. 그리고 거기에서 일주일 만에 죽었지요. 당신은 망각을 원했지만 당신이 거기에서 죽어가고 있는 중이란 사실이 전세계에 알려졌지요. 신문기자들, 당신을 이용하고 싶은 교회의 유력 인사들, 당신의 자식들, 추종자 체홉, 의사들, 그리고 기자의 전보를 받고 달려온 당신의 불쌍한 부인.

부인은 더러운 유리창 너머로 당신을 보려고 했지만 커튼을 내려버리는 손 하나가 있었지요. 부인과의 만남이 당신에게는 치명적인 영향을 줄 거라고 가족은 판단했던 겁니다. 자비의 전도사였던 당신. 사람들은 당신을 화해시키느니 목숨을 연장시키는 것이 낫다고 판단했던 것입니다!

당신의 문학적 천재성으로 그 장면을 상상해보세요. 숨이 막혀 더이상 말도 못하는 늙은이 하나 때문에 벌어진 이 모든 소동. 그 노인의 내면에 들어와 그에게 목소리를 빌려줄 사람은 아무도 없었던 것입니다. 텅 빈 중심을 둘러싼 음모, 갈등, 고통, 희망의 복마전. 그리고 당신 생명의 깊은 긴장. 죽음에 직면해서 당신이 죽음을 어떻게 받아들였는지 우리는 결코 알 수 없을 것입니다. 만약 거기에 진실의 시련이 있었다면 그것은 당신 홀로 간직하고 있는 것입니다.

그러나 나는 알고 있습니다. 당신은 안나 카레니나를 열차 바퀴 아래로 던졌고 그녀와 브론스키가 만났던 곳이 모스크바 역이었으며 , 그들이 만나던 바로 그 순간, 한 직원이 열차에 깔려 죽어서 안나는 일생 동안 자신의 머리를 쇠망치로 내리치는 한 남자의 이미지에 시달렸지요. 나는 알고 있습니다. 『크로이체 소나타』의 미친 포즈드니체프가 기차 안에서 자신의 범죄를 고백했습니다. 기관차의 기적 소리, 바퀴소리, 삐그덕거리는 차체의 소리에 맞춰 흘러나오는 죄인의 독백, 기차 연기와 밤의 어둠에 파묻히는 독백. 그 기차는 어디로 향하는 기차였던가요, 리오바? 어떤 역, 어떤 목적지였던가요? 당신은 우리가 짐작할 만한 이름을 대지 않았습니다. 나는 알고 있습니다. 투르게네프에게 쓴 편지에서 당신은 사랑에 창녀촌이 있듯 여행에는 기차가 있다고 했습니다. 그리고 육체에 대한 당신의 증오는 잘 알려져 있지요. 그런데 이상하게도 당신은 역에서 죽었습니다. 역에서 허물어진 것입니다. 안나는 기차 아래로 몸을 던졌고, 당신은 도피의 절망적 시도, 거의 자살에 가까운 시도로 기차 안으로 몸을 던졌습니다. 소리, 연기, 열차. 당신의 상상력이 현실과 맞아떨어지게 하기 위해 어떤 초월적 손이 당신의 상상력을 미리 정돈했다고나 할까요.

당신은 죽으리란 걸 알고 있었습니까? 리오바, 내 질문에 대해 내가 찾은 유일한 답은 당신이 글 속에다 당신의 마지막 순간의 배경을 설정했다는 것입니다. 아마도 당신 가족은 당신이 신에게 다가가는 데에 지독하게 집착했다고 믿었던 듯한데 당신의 장소, 오로지 당신만의 장소이자 이미 당신의 글에서 그토록 맴돌았던 그곳을 당신은 알고 있었던 것입니까? 바로 역입니다. 이번에는 역이 웅장하게 서 있었고 그것이 당신을 삼켜버렸습니다.

내가 당신에게 편지쓰기를 그토록 두려웠던 이유를 이해하겠습니까? 당신은 내게 있어서 글과 죽음을 맺고 있는 끈에 대한 은밀하고 친근한 사례입니다. 당신이 역에 불길한 의미를 부여했기 때문에 죽음의 사자가 그곳에서 당신을 맞이했던 것인가요? 아니면 비록 죽음은 좋은 것이라고 스스로를 설득하려고 그토록 애썼지만 글에서는 역을 악의 소굴로 만들었기 때문에 거기에서 죽어야만 했을까요? 그리고 치명적 소리 때문에 머리가 터져서 죽은 소녀의 이야기를 썼던 나도 그것을 통해 내 삶의 흐름, 혹은 사건—동맥류—의 물꼬를 틀어버렸고 그래서 글쓰기의 내밀하고 직관적이며 치밀한 작업을 통해 무의식적이지만 죽음이 이미 내게 현존하게 된 것일까요?

『제로 전투기』의 출간과 동맥류의 발병이 시기적으로 가깝다는 것은 3년이 지난 지금도 내게 공포를 일으키는 우연입니다. 나는 5월 6일 원고의 최종본을 건네주기 위해 편집자와 만나기로 약속했었습니다. 동맥은 3일에 파열되었습니다. 파스칼, 조용히 해. 떠들지 마.

리오바, 나는 단호하게 두번째 답을 택하겠습니다. 죽음은 태어나는 순간부터 이미 명료한 현실로 우리 내면에 존재하고 나는 글을 쓸 때마다 더듬거리며, 그러나 결코 길을 잃어버리지 않고 죽음으로 이어지는 길을 천착했습니다. 지금 내게는 글쓰기를 유발하는 세 가지 이미지밖에 남아 있지 않습니다. 그중에서 양철 지붕이 무너져내리는 것이 가장 강렬하고 가면처럼 말없는 얼굴들이 가장 약한 것입니다. 그것으로부터 벗어나는 것이 불가능합니다. 그것이 '내 상상력의 주름살'(줄리앙 그락의 『호감』에서 인용—원주)을 형성합니다. 하지만 리오바, 병원에서 나온 뒤부터 나는 다른 이미지, 삶의 이미지들에 목말라 있습니다. 그것을 찾고 있습니다. 찾고 있는 중입니다. 내 눈을 밝혀주세요.

'내 상상력의 주름살'이 펴지기 전에 당신에게 털어놓아야 할 이야기가 하나 있습니다. 추위에 대한 이야기, 『제로 전투기』이면에 감춰진 죽음 이야기.

전직 조종사 한 분이 친절하게도 내 소설을 나가수카 씨에게 보냈습니다. 『나는 가미카제였다』란 그의 책을 읽었던 터라 나는 그를 알고 있었습니다. 나는 사진을 통해 쓰루가와를 상상했고 그에게 얼굴 표정까지 부여했었습니다. 그러나 내 책을 읽은 뒤 주석을 붙인 장문의 편지까지 보낼 만큼 그 사람이 친불인사인지는 몰랐습니다.

그는 매년 6월을 프랑스에 와서 보내곤 했습니다. 우리는 2년 동안 지속적으로 만났습니다. 짧은 시간이었지만 우정을 쌓기에는 넉넉했습니다. 한쪽 팔을 잃고 다리도 다쳐 종종걸음을 걷는 그는 혈관을 잇는 수술을 세 번이나 받았지만 놀라울 정도로 생기에 넘쳤습니다. 그러나 그는 죽기를 바라고 있었습니다. 현대세계, 그의 표현에 의하면 미국식 세계가 역겹다는 것입니다. 그보다 연하인 부인도 같은 생각이었죠.

한번은 바스티유 오페라 극장의 개막공연에서 그들을 보았습니다. 공연은 그들 마음에 들지 않았습니다. 피아니

스트인 부인이 내게 말했지요. 왜 계속 살아야 하나요? 오늘 공연이 저렇게 실망스러운데. 그래서 그들은 자살 계획을 세웠습니다. 그들은 샤모니(빙하로 뒤덮인 프랑스의 산악지대—역주)에서 죽기로 했습니다. 프랑스를 사랑하니까 사랑하는 나라에서 죽기를 원했던 것입니다. 저녁에 차를 몰고 가능한 높은 곳까지 올라가는 것이었습니다. 마지막으로 부인의 부축을 받아가며 그들은 다시 기어오를 수 있는 데까지 올라가서 가만히 앉아 추위가 오기를 기다리는 것입니다. 어느 의사가 그들에게 하룻밤이면 충분하고 죽음은 서서히 찾아오리라 장담했다고 합니다.

그해 나는 나가수카 씨의 소식을 듣지 못했습니다.

나이로 보나 체력으로 보나 남자가 먼저 동사의 징조를 보였을 것입니다. 나가수카 부인이 남편을 껴안아 몸을 덥혀 주었으리라 상상할 수 있을까요?

내가 상상하는 모습은 이렇습니다. 오솔길 옆에 꼿꼿이 앉아 있는 부인, 굽어지길 거부하며 뻣뻣하게 굳은 다리의 무릎을 감싸고 하나만 남은 손을 움켜쥐고 얼굴에 대고 있는 남편. 아마 심장이 먼저 멈추겠지요. 그녀가 감싸 안은 것은 그저 얼음 덩어리에 불과할 테지요. 남편을 아기처럼 끌어안고 엄습해오는 추위를 홀로 바라보며 마지막까지 살아남은 것은 부인이겠지만, 나는 알 수 있습니다. 그들의 때, 두 사람이 공유하는 결정적인 그들의 때가 있었다는 것을 확신합니다. 파열되었던 삶의 복원이었던 것입니다.

끔찍한 전쟁, 실패로 끝난 군사 작전, 매일 옷을 입고 벗는 일, 고기와 생선 자르는 일까지 남의 손을 빌려야 하고 조국에서조차 전우들의 희생에 대해 야유하는 소리를 들으며 무기력한 회한의 눈물을 삼켜야만 했던 불구자의 삶. 그리고 우아하고 멋쟁이였던 부인은 당연히 남편 뒤를 따르겠어요, 라며 가벼운 산책이라도 떠나는 것처럼 입가에 미소를 지으며 말했을 테지요. 여자의 신비. 남자들의 증오와 여자들의 사랑으로 이뤄진 기념비처럼 뻣뻣하게 언 채로 샤모니 위에 앉아 있는 그들 두 사람. 그들의 모습이 너무도 선연하게 눈앞에 자주 떠오릅니다.

지붕과 자장가. 리오바, 가슴을 짓누르는 이 이야기가 계속해서 나의 시야를 어둡게 가립니다. 그것은 '내 상상력의 주름살'도 아니고 글쓰기의 업보로서 마치 따귀처럼, 가혹한 매질처럼 내게 찾아오는 현실입니다.

도와주세요.

내 눈을 밝혀주세요.

난 아직 죽지 않았잖아요.

밤입니다. 두블-퀘르는 아래층 테라스에 있습니다. 위스키를 마시며 달을 보고 있습니다. 비가 오건 바람이 불건 어디에 가건 그는 자주 그랬습니다.

퇴원 후 두 달 뒤에 우리는 '로' 지방의 집을 빌려 살았습니다. 새벽 3시에 깨었는데 그가 곁에 없었습니다. 나는 맨발로 정원에 나가보았습니다. 그리고 생각에 잠겨 꼼짝도 하지 않고 달을 보며 위스키를 마시는 그의 모습을 오랫동안 바라보았습니다. 고독의 이미지였습니다. 누구를, 무엇을 생각하는 걸까? 나는 살며시 다가가 그의 무릎에 앉았습니다. 천의자가 신음소리를 냈습니다. 날씨가 차니 들어가 자요. 그는 한쪽 팔로 내 어깨를 감쌌지만 내가 그를 방해했고 그의 생각이 딴 데 가 있는 것을 알 수 있었습니다. 나는 오래 있지 않았지요. 돌아오니 침대 시트가 그때까지도 따뜻했습니다. 그가 곧 올 거라고 생각하다가 먼저 잠들어 버렸습니다. 그냥 그뿐입니다. 스무 살 때였다면 우리 사랑이 약해진 거란 생각에 슬퍼했을 테지요. 지금은 그에 대해 모르는 점, 그 미지의 부분 때문에 이 남자를 사랑합니다. 그 부분을 남겨두고 멀찌감치 서 있다가 불현듯 그 비밀의 벽을 파고드는 행복한 순간을 노립니다. 그의 숨결

이 느껴질 때까지 숨을 죽이고 바짝 다가가는 그 순간 말입니다.

오후에는 잡초 뽑는 일로 시간을 보냈습니다. 목덜미와 팔뚝에 따갑게 내리쬐는 햇살을 받으며 손의 살갗이 벗겨지도록 집요하게 땅바닥에 숙이고 있었지요. 아주 세련된 파리 여자들도 손등이 터지고 손톱이 부러지는 일에 빠져드는 경향이 있습니다. 그것이 손에 흙을 묻히고 싶어서 장갑 없이 미친 듯 일하는 정원 가꾸기 병이란 걸 이제는 알겠습니다.

낫질을 하다가 손에 물집이 잡혔다는 당신의 말 때문에 나는 손으로 풀을 뽑습니다. 열다섯 살 때 나는 바람 불고 어수선한 바닷가에서 『전쟁과 평화』를 읽었습니다. 2천 페이지 속 어디에도 파도소리, 소금기, 끝없이 펼쳐진 망망대해라곤 없었습니다. 다리 없는 끔찍한 짐승도 없었지요. 소, 계절, 눈, 초원이 있는 항상 튼튼한 대지. 나는 바다를 좋아하지 않습니다. 모든 걸 삼켜버리는 저 거대한 액체를 억지로 보지 않더라도 세상에는 이미 충분히 끔찍한 것들이 많이 있습니다. 그것까지 굳이 궁금해할 필요는 없겠지요. 당신도 나처럼 바다를 좋아하지 않았지요. 당신 집 근처를 흐르는 보론카 강만 좋아했지요. 안나 카레니나가 이탈리아에 갔을 적에도 지중해는 없었습니다. 유럽 여행을 하면서 썼던 일기에서 당신은 스위스 풍경을 보고 감탄했지만 이에르, 마르세유에서는 수평선의 아름다움에 대해 일언반구도 하지 않았습니다. 폐결핵 치료를 위해 갔던 가스프라에서도 마찬가지였습니다.

나도 어릴 적부터 이런 자연을 꿈꾸었고 당신 글을 읽기 전부터 액체가 없는 자연을 꿈꾸었습니다. 나는 당신에게서 그것을 발견했습니다. 고맙습니다. 나이가 들어 멜빌, 콘라드, 함순을 읽을 수 있는 연령에 접어들었지요. 그들에게 매료되었지만 동시에 나의 성향을 다시 확인하며 경악했습니다. 태풍, 안개 속의 빙산, 온갖 위험들, 광기, 잔인함이 서로 질세라 기승부리는 세계. 초원과 소떼와 농기계에 둘러싸인 집을 산 것은 돌 하나로 두 마리 새를 잡은 셈이었습니다. 바다의 존재를 지워버렸고 당신에게 가까이 다가간 셈이 되었으니까요.

나는 당신 때문에 이 집을 얻었습니다. 당신과 닮고 당신을 기쁘게 하기 위해. 두블-퀘르가 술을 마시는 테라스, 등나무와 달콤한 인동덩굴이 우거진 테라스는 당신 때문에 치명적으로 감미롭습니다. 밤마다 꾀꼬리, 종달새가 오는 것도 당신 때문입니다. 벚나무, 사과나무, 자두나무와 같은 과일나무를 심은 것도 당신 때문입니다. 당신 때문에 나무를 심고 또 심었습니다. 이 집을 사고부터 나무를 심었습니다.

　여전히 변하지 않는 두블-퀘르는 물었지요. 왜 심는 거지? 나무 그늘에 앉아보기도 전에 우리는 죽을 텐데. 나는 그에게 대답했습니다. 그러나 당신이 잊은 게 있어요. 난 아직 죽지 않았어요. 우리가 살아 있다는 것을 당신은 잊은 거예요. 그래서 다 큰 나무를 심은 거예요. 빨리 크게 하기 위해서. 하늘로 가지를 뻗은 벚나무를 보면 눈처럼 희고 가벼운 꽃, 검붉은 열매, 그리고 그것을 먹는 새들이 보여요. 나는 늙어 꼬부라지는데 나무는 무성한 잎을 펼치는 모습이 보인단 말이에요. 그래서 늙는 게 덜 두려워져요.

　당신과 닮기 위해. 당신을 기쁘게 하기 위해.

　당신이 내 머릿속을 떠나지 않아요. 나를 짓누릅니다. 당신에게 질투심을 느껴요.

야스나야에서 당신이 심은 것은 과일나무 세 그루가 아니라 수백 그루의 자작나무였지요. 더구나 다 늙어빠진 나무를 심는 우스꽝스런 일은 하지 않았습니다. 당신은 수천 헥타르의 땅을 지녔지만 내게는 정원 하나뿐입니다. 난 아이도 하나지만 당신은 열셋을 두었지요. 당신은 매일 말을 타고 영지를 누비고 다녔지만 나는 제자리에서 몇 바퀴 돌면 그만입니다. 당신의 작품은 10여만 페이지지만 내 것은 5백여 페이지입니다. 나의 단어 하나 하나가 하찮은 작은 촛불의 희미한 불빛으로 떨린다면 당신의 작품은 탐조등의 광선처럼 보입니다. 당신의 폭과 힘이 나를 짓누릅니다. 나는 왜 러시아의 부호로 태어나지 못한 걸까요? 내게는 왜 힘도 확신도 권력도 없을까요?

내 사랑이여, 내가 남자였자면 당신처럼 되지 못한 것이 억울해 죽었을 겁니다. 당신이 증오한 종족인 여자로 태어난 것이 기쁘기 한량없습니다. 내게는 점령이라고 이름붙일 수 있는 나만의 꾀, 전략이 있습니다. 당신을 점령하는 것이 아닙니다. 억지로 당신이 나를 점령하도록 하는 것이죠. 어렵지 않습니다. 우선 모든 걸 알아내는 것부터 시작합니다.

내 책상 위에는 당신의 모든 작품이 있습니다. 소설, 서간집, 일기, 그리고 내게 얼마나 소중한지 모를 당신 부인의 일기. 당신과 당신 가족, 그리고 야스나야의 사진들, 당신에 관한 전기와 에세이. 두블-퀘르와는 정반대로 당신은 비밀이 없습니다. 책을 펼치면 당신의 내면이 보입니다. 당신은 완전히 내 사람이 됩니다. 그리고 당신의 장중한 몸을 머릿속에 그려봅니다. 멋지기는커녕 거칠고 늙은 당신의 몸, 말을 타고 보론카 강가를 거니는 모습, 식탁에서 쩝쩝 소리를 내며 귀리를 먹는 모습, 숲속에서 버섯을 찾아다니는 모습. 그리고 가장 감동적인, 내게 가장 감동적인 모습은 성욕에 시달리면서도 묵묵히 소냐 곁에 누워 있는 모습입니다. 내가 상상할 수 있는 장면은 산처럼 쌓여 있습니다. 너무 익숙해서 눈을 감을 필요조차 없지요. 그리고 마치 한 나라를 침략하여 점령하듯 당신에게 자리를 내주기 위해 내 자리를 조금 비워둡니다. 당신을 통해 생각하고 당신을 통해 보는 것입니다. 당신이 좋아하지 않으리란 것을 나도 압니다. 톨스토이적이지 않으니까요. 올바른 톨스토이주의자라면 자신이 고삐를 쥐고 있는 오감의 진실을 존중합니다. 그러나 현실에 적응하기 위해서 내게는 당신이 필요합니다.

잡초를 뽑은 뒤 나는 산책을 하러 갔습니다. 당신은 모자
와 지팡이를 들고 나와 함께 갔습니다. 세상에 대한 관심을
보여주는 이 장면 역시 내게는 익숙한 장면입니다. 우리는
마을 위로 올라갔습니다. 추수가 끝나 있었습니다. 밭 여기
저기에 동그란 맷돌이 흩어져 있고 보리는 이미 추수가 되
었고 밀은 거의 익었습니다. 보리는 당신이 살아 있었을 때
처럼 더이상 바람에 물결치고 있지 않았습니다. 채산성과
편이성을 이유로 보리의 키를 줄여버렸기 때문이죠.

우리는 숲속으로 들어갔습니다. 가시덤불에는 아직도
꽃이 피어 있고 침엽수의 새순에서 부드러운 연두색이 사
라졌습니다. 우리는 본질적인 것, 즉 우리에게 다리가 있고
눈이 있다는 본질적인 문제를 둘러싼 것에만 생각을 집중
하고 걸었습니다. 햇살이 부드러웠습니다. 나는 당신과 함
께 경이로운 세계 속에 살아 숨쉬고 있었습니다. 단순한 경
이로움. 돈으로 살 수 없는 것. 배울 수도 없는 것. 인간 희
극과는 동떨어진 곳에서 주어지는 것. 한 발짝, 그리고 또
한 발짝. 그리고 우리는 서 있었습니다.

10시 무렵 햇살은 아쉽다는 듯 사라졌습니다. 두블-퀘르와 나는 여전히 정원에서 두런두런 이야기를 나눴습니다. 내가 당신에게 편지를 쓰러 올 때까지 당신은 잊혀졌습니다.

밤이 되었습니다. 여름 밤입니다. 창문은 활짝 열려 있었지요. 당신은 일기에 기막힌 침묵이라고 썼었지요. 개구리의 숨쉬는 소리까지 들리는 정적.

현실, 당신은 현실입니다. 아래층 테라스에 있는 두블-퀘르, 창가의 흔들의자에 앉아 있는 당신, 그리고 식탁에 있는 나, 이렇게 우리 셋 모두 움직이고 싶지 않았습니다. 이 밤의 정적, 이 집의 정적 속에서 나는 당신에게 천천히 편지를 씁니다. 나의 단어 사이에 침묵과 여유가 있습니다. 매일 낮, 매일 밤 내 힘이 닿는 데까지 조금씩 씁니다. 여름이 이렇게 깊어갑니다. 오래 전 내 노트에 옮겨 적어두었던 당신 글귀를 생각합니다.

"수영하기 전에 오줌을 누었더니 몽둥이 끝이 기분 좋게 시원하다. 대지는 이렇게 넓은데 오줌은 너무 적다."

아무렇게나 휘갈긴 메모에서도 당신의 감각은 천재적으

로 뛰어납니다. 책을 읽다가 남자의 조건을 타고나지 못한 것을 아쉬워하게 했던 유일한 문장입니다. 나야 서서 오줌을 눌 수 없지요. 대지는 광대무변한데 우리의 오줌이 한낱 물방울에 불과하다는 것을 느끼려면 서서 오줌을 누어야지요!

정적. 바람 한 점 없습니다. 언덕에 드리워진 짙은 그늘. 기차는 멀리 있습니다. 정적. 내 안의 무엇인가가 조용히 비명을 지릅니다. 들리세요? 이것을 무엇이라 불러야 할지 모르겠습니다. 이름을 붙여주세요.

그것은 아주 깊은 것입니다. 무겁습니다. 위로 솟구치지 않습니다. 그렇다고 꺼지지도 않아요. 그 소리를 잠재울 수 없군요.

너무 조용합니다. 두블-퀘르도 아래층 테라스에서 너무 조용히 있습니다. 조용한 대지가 졸고 있습니다.

이반 일리치는 사흘 내내 비명을 질렀었지요. 사흘 내내 말 한마디 없이 그저 "아—"라는 소리만 내서 굳게 닫힌 문밖에 있는 사람들도 두려움에 몸을 떨었습니다. 갠지스 강가의 문둥병자들 속에서 미친 사람처럼 비명을 질렀던 캘커타의 부영사도 생각해보세요. 그들은 모두 죽음과 술의 망령에 사로잡혀 비명을 질렀습니다. 그들이 무슨 말을 하는지 알아들을 수 없었습니다. 그것은 말이 아니었습니다. 더이상 단어라곤 없었지요. 나는 소리를 내지 않습니다. 자주 웃기는 하지요. 우리가 그런 인물들보다 더 깊은 병에 걸린 걸까요? 자신은 모르겠지만 누군가가 나를 구해주는 경우도 있습니다. 나에게는 선물이지요. 어제의 예만 봐도 그렇습니다. 어린아이들이 읽는 알베르 자카르의 작은 책을 선물받았습니다. 지난번에는 〈뛰어난 아들〉의 복제그림을 보았습니다. 마치 뒤러가 내 어깨를 감싸는 것 같았습니다.

갑자기 글쓰기가 힘들어지는군요.

H도 걸핏하면 잘 웃습니다. 즉각적이며 소탈한 미소. 리오바, 그런 것을 어찌 잊을 수 있겠습니까? 그는 올 겨울에 너무도 명랑하게 우리 글쓰기 교실에 참석했습니다. 물론

열성적이진 않았습니다. 법의 감시를 받는 청소년이라 열성적일 수는 없겠지요. 그러나 그가 이곳에 왔을 때 걸신들린 듯 백지 위에 온몸을 던졌습니다. 다른 말을 찾을 수 없군요. 나는 그의 걸신 같은 집착이 부럽습니다.

마지막 날 나는 그들의 작품을 낭독하기 위해 친구인 여자배우를 초청했습니다. H는 결석했습니다. 아침 6시에 그의 집이 수색당했고 경찰이 그를 검거했던 것입니다. 그리고 교도소. 이제 겨우 열여덟 살. 당신에게 편지를 쓰고 있는 지금 이 순간 그는 플뤠리 교도소에 있습니다. 적막 속에서 숨쉬는 개구리도 없는.

신경안정제. 목을 죄는 불면증. 증오와 회한으로 미치게 만드는 기억. 머릿속에서 맴도는 언어에 감금당한 사람들. 한번도 쓰여진 적이 없는 단어들입니다. 리오바, 글쓰기 교실에서 폭력은 글로 쓰여지지 않습니다. 고통 역시 글로 옮겨지지 않습니다. 고통 앞에서 굳게 다문 입. 그들은 고통의 직시를 원치 않습니다. 그것에는 관심이 없습니다. 그들은 멋진 경찰과 교도관들이 있어서 신나게 살 수 있는 그런 세상 이야기를 쓰는 것을 더 좋아합니다. 생존 본능입니다. 그들은 대뜸 "옛날 옛적에"란 말로 이야기를 시작합니다.

리오바, 나는 이 "옛날 옛적에"라는 말을 읽을 때마다 가슴이 미어집니다. 그들의 동사 어미변화는 더할 나위 없이 엉터리지만 현재화의 가능성이 전혀 없는 시제를 선택했다는 점에서 그들의 직관력은 정확한 것입니다.

당신도 아시죠, 그렇지요? 쓰여지지 않은 단어들을. 그것은 존재합니다. 무겁게 짓누르며. 숨어서. 그들 안에. 우리 마음속에. 조용한 밤 속에. 뽑아내버릴 수 없는 단어들. 얼굴에 들러붙은 무정형의 단어들. 리오바, 다른 단어를 모두 죽여버린 이런 단어들만 내게 남아 있는 듯한 느낌이 자주 듭니다. 이것이 다른 단어를 갉아먹어버린 거지요. 종이의 하얀 부분을 봅니다. 글자를 써보아도 마치 변함없이 백지로 남아 있는 듯합니다. 그런 글자는 더이상 존재하지 않습니다. H와 그의 친구들이 언제나 간직하고 있는 동화의 능력을 나는 상실했습니다. 그들은 열아홉 살에도 여전히 어린시절처럼 살기를 바라고 있기 때문입니다. 그러나 그들도 머지않아 그 능력을 잃게 되겠지요. 그들도 나를 따라 사람을 삼켜버리는 불투명으로 빨려들 테니 나의 형제 자매인 셈입니다. 내가 그들을 위해 일하는 이유가 여기에 있습니다.

정적. 아름다운 밤. 두블-퀘르. 부드럽게 흔들리는 당신의 그림자. 이 단어가 영원히 남아 있기를 바랍니다. 이 단어를 언제나 쓸 수 있기를 바랍니다.

H, 그는 총을 들고 가게를 겨눴습니다. 300프랑 때문에. 잠시 동안 그는 손끝에 불투명을 들고 있었습니다. 다행스럽게도 방아쇠를 당기지는 않았습니다.

나는 그들의 복받은 자매입니다.

리오바, 나는 당신을 만났습니다. 당신 때문에 눈이 부셨습니다. 이것을 잊지 마세요. 아주 희귀한 행운인 이 눈부심, 이것은 아주 소중합니다. 한번 경험하고 나면 사는 것이 달라집니다. 살고 싶은 의욕이 생깁니다. 쓰고 싶은 마음이 생깁니다.

나는 뒤라스도 만났습니다. 그녀는 나를 뒤흔들어 놓았습니다. 그녀는 나를 하나의 길로 이끌었습니다. 그녀는 나를 위해 침묵에서 단어를 끄집어내 주었습니다. 그녀는 마치 그 단어가 항상 쓰여졌고 이미 존재했던 것인양 그 단어로 글을 만들어냈습니다. 쓰여지기 전부터 존재한 것처럼. 그것은 하나의 무기입니다. 당신 두 분은 서로 너무도 멀리

떨어져 있습니다. 두 작가가 이토록 다를 수가 있는지 상상하기도 어렵습니다. 마치 아버지와 어머니처럼. 두 사람은 절대 닮지 않았으니까요.

그러나 숨어 있다가 튀어나와 나를 죽이고야 말 단어들이 있습니다. 난 잘 알고 있습니다. 나의 목을 조를 단어. 뒤라스나 그 누구도 더이상 도움을 줄 수 없는 단어가 있음에도 불구하고 나는 가슴을 졸이며 섹스와 고깃덩어리, 폭력이 까발려지는 것을 읽습니다. 그리고 자문해봅니다. 도대체 이런 무례를 허용하는 것이 무엇일까? 이런 자유가 무엇을 의미하는가? 이런 폭력의 전시를 정당화하는 티켓을 어딘가에서 파는 것은 아닐까?

정적. 아름다운 밤. 내 안의 무엇인가가 조용히 비명을 지릅니다. 들리세요? 대답해보세요.

두블-퀘르가 지금 와주면 좋으련만.

리오바, 당신에게 쓰고 싶은 것을 몽땅 털어놓은 지 며칠이 지났습니다. "우리가 땅에 발을 내딛기 전에"라며 두블-퀘르가 내밀었던 당신의 사진을 앞에 두고 몇 시간씩 보고 있습니다. 마을에서 당신이 타는 말의 발굽소리가 울려퍼지는 것이 들립니다. 당신은 한자리를 맴돌며 나를 놀리고 있는 것 같습니다.

매정한 사람이여, 당신을 잡는 것이 쉬운 줄 아십니까? 늙은 말과 은둔자, 얼룩무늬의 거세된 말 홀스토메르와 세르게이 신부에 대해 이야기하고 싶습니다. 그들을 통해 당신의 거세 환상을 분석해보고 싶었지요. 그래서 컴퓨터에 수많은 자료를 입력했습니다. 정신분석가들을 제외하곤 쓰지 않았던 이 단어에 당신은 어떻게 성공적으로 하나의 형식을 부여했는지 궁금했습니다. 불행히도 사흘 동안 당신의 가장 아름다운 두 작품을 나의 거친 나막신으로 뭉개버리기만 했을 뿐입니다. 읽으면 읽을수록 단어의 분석적 명료함은 더해가지만 당신의 내면세계는 더욱 밀도를 더해가며 어두워져갑니다. 당신의 넘치는 천재성, 여자의 육체, 학문과 진보, 그리고 당신의 영지까지 포기하게 만든 그 내면의 힘, 모든 것을 가진 당신을 신의 세계로 향한 허무로

이끈 그 힘을 성적 충동이라 해석할 수 있을까요? 용서해 주세요. 나는 자료를 모두 휴지통에 던져버렸고 그 휴지통도 비울 것을 약속하지요.

쓰여지지 않은 단어를 과학적 용어로 환원할 수 없지요. 당신의 모든 작품은 아마도 영원히 고갈되지 않을 테니까요.

당신의 부부생활에 관한 자료를 넣은 휴지통도 비웠습니다. 고백건대 당신의 일기를 처음 읽었을 때 내가 찾아낸 것은 바로 그런 것이었습니다. 당신의 부부싸움 이야기에 홀딱 빠졌는데 나도 공감하는 부분이 있었지요. 당신의 여성 혐오증에 대한 자료도 버렸습니다. 미안한 말이지만 아래 문장을 읽고는 한참 웃었지요.

"예수가 재림해서 복음서를 출간한다 해도 여자들은 오로지 예수의 사인만 받아내려고 날뛸 것이다."

우리들에 대한 당신의 증오심이란! 그토록 큰 증오심 뒤에는 뭔가가 숨겨져 있다는 말이 있습니다. 『홀스토메르』와 『세르게이 신부』에서 두 인물은 더이상 성적 매력이 없음에도 불구하고 여전히 유혹을 멈추지 않았지요. 바람난 암말들이 입을 벌린 채 그의 말을 듣고는 모두 회심하였지요! 당신은 우리의 영혼을 구하기 위해 무척 애쓰셨죠. 이 반 일리치의 경우도 기억납니다. 그가 죽기 전에 위로를 받으려고 부른 사람이 누구였나요? 그의 어머니였습니다. 당신이 엄마라는 말을 하기도 전에 잃었던 사람. 그런데 아 참, 내 거친 나막신을 벗기로 약속했었지요.

내가 잊지 않고 있는 것, 그래서 당신이 내 곁에 앉기를 바랐던 이유는 '르자노프의 집' 때문입니다. '르자노프의 집' 덕분에 내가 버티고 있다는 느낌이 듭니다. 1882년 인구조사를 계기로 심사숙고한 뒤 당신은 모스크바에 있던 거지와 노숙자에게 당신이 어떤 도움을 줄 수 있는지 물으며 무엇을 해야만 할까?라고 썼지요. 당신의 결론은 이러했습니다. '르자노프 집'의 존재를 가능하게 만드는 어떤 자비나 자선사업도 필요없다. '르자노프의 집'이 존재하는 명분을 제거해야만 한다. 그럴지도 모릅니다. 우리 모두 당신이 옳다는 것을 압니다. 그러나 농노로 변신한 영주인 당신이 그들에게 올 때까지 무엇을 해야 했을까요. 그리고 당신은 툴라, 크라피브나의 감옥을 방문했고 야스나야에 찾아와 당신에게 도움을 청하는 사람들의 명단을 일기에 쓰는 일을 조금도 지치지 않고 해냈습니다. 제롬 보슈도 거기에 있었습니다.

그런데 리오바, 나의 경우는 무슨 까닭일까요? 왜 나는 H와 L교도소의 여자들과 함께 이 일을 하는 걸까요? 개구리의 숨쉬는 소리를 듣는 세련된 부르주아인 내가 왜 가난과 폭력에 다가가 당신만큼이나 나 자신도 혐오하는 자선가의 이미지를 이마에 써붙여야만 하는 필요성을 느끼는 걸까요? 그 대답을 찾을 수 없기에 당신이 필요합니다. 당신이 내 머릿속을 떠나지 않고 짓누르는 바람에 당신 없는 나는 누구인지 알 수 없습니다. 당신을 따라다니는 유령. 당신은 내 존재의 정당화요 합법화입니다. 우리 둘 모두 유령입니다. 오세요, 리오바, 날 도와주세요. 유령 같은 우리 자신을 함께 감당해요.

엊저녁 두블−퀘르와 식탁에 크림소스를 곁들인 갈비요리를 차려놓고 이상주의에 대해 토론했습니다. 나는 당신이야말로 진정한 이상주의자라고 설명했지요. 나도 스스로를 이상주의자라고 생각했을까요? 그에게 물어보았죠. 나의 사회참여의 이유가 거기에 있지 않을까, 라고 가끔 생각했거든요.

아닐 거야. 그는 멋진 단순논리를 펼치며 대답했습니다. 나는 이상주의자들을 혐오하는데 나는 당신을 사랑하니까 따라서 당신은 이상주의자가 아닌 거지. 나는 그때 떠오른 속내를 털어놓지 않고 그냥 웃었습니다. 매일 요리하고 그 걸 잘하려고 애쓰려면 적잖은 양의 이상주의가 필요하지 않을까요? 나는 아마도 내가 주도하는 글쓰기 강의의 유용성을 믿는 것보다는 요리를 사랑의 행위로 만드는 것에 보다 많은 이상주의를 부여할 것입니다.

어쨌든 그의 대답이 마음에 들었습니다. 내게는 이상주의자에게는 없는 약간의 신비가 있다고 느꼈지요. 생각해보니 나는 두블-퀘르가 크림소스 소고기를 좋아하고 내가 그를 기쁘게 하는 것을 좋아하기 때문에 크림 소고기 요리를 한 것입니다. 아무튼 이상주의만으로는 요리를 할 수는 없을 테고 그 결과는 누구라도 알 수 있습니다.

리오바, 내 자신을 아무리 살펴봐도 내가 기댈 만한 것이라곤 하나의 생각뿐입니다. 항상 한구석에 웅크리고 있는 두려움이 보이고 그 두려움을 정면으로 응시하다보면 그 두려움보다 더 단단히 뿌리를 내리고 있는, 남에게 기쁨을 주고 싶은 욕구가 보입니다. 하찮은 동기라 여기고 나를 비웃어도 좋지만 다른 어떤 것도 찾을 수 없으며 당신에게는 거짓말을 하고 싶지 않습니다. 이것은 하나의 생각을 넘어 나를 나로 지탱해주기 위해 없어서는 안될 설체절명의 필요성입니다. H, 지나가는 행인, 이웃집 부인, 두블-퀘르를 향한 일종의 무의식적인 움직임. 내가 H의 글쓰기 교실과 그의 친구들을 좋아하는 것은 그들을 기쁘게 해주고 싶기 때문입니다. 내가 교도소에 가는 것은 그곳에 갇힌 여자들에게 기쁨을 주고 싶기 때문입니다. 다른 아무것도 없습니다. 심지어 내가 그들에게 어떤 쓸모가 있는지도 확신할 수 없습니다. 그런 일을 감당하는 것이 쉽지 않죠. 마음이 흔들리기도 합니다. 할 수 없죠. 관점의 차이 때문에 마음 상하는 일은 없어야 합니다. 그렇지 않으면 내가 괴롭습니다. 이 욕구에 사회적 의식이 접목되어야겠지만 그것은 나중 일입니다.

　이런 감정을 중심으로 사고를 전개하고 싶었습니다. 항상 감정 차원에 머물고 만다는 불안, 우리를 행동으로 이끄는 것과 지적인 힘은 항상 어긋난다는 것을 느낄 때 생기는 불안. 이성적 추론이나 교양이 아무것도 보장하지 못함을 알게 된 지금, 자신의 한 부분에 대해 철저히 무지한 상태에서 살아야 한다는 것에서 비롯되는 불안감이었습니다. 당신은 극단적 단순화, 용납할 수 없는 극단화라는 비싼 대가를 치르면서도 그것을 시도했었지요. 그것은 마치 당신이 광기에 대해 글을 쓴 것과 같은 것이었습니다. 악을 악으로 갚지 말고 그것이 사라질 때까지 싸워야 합니다. 악이 저절로 사라지게 하기 위해서 악을 악으로 갚지 않기만 하면 된다라는 생각은 내가 의지할 수 없는 사고방식입니다. 당신도 그것을 믿지 않으리라 확신합니다. 악에 대해 쏟아부은 당신의 과감성(이를 폭력이라 할 수야 없겠지요!)과 분노가 그 증거입니다. 당신은 약점을 감추려고 어투에 신경을 썼습니다. 내가 당신에게 의지하는 것은 당신의 비폭력 이론이나 진보와 문명에 대한 거부 때문이 아니라 당신이 '르자노프의 집'을 방문했기 때문입니다. 당신과 더불어 유령이 되었지만 나는 당신의 제자는 아닌 것입니다. 두블-퀘르의 말이 맞아요. 나는 이상주의자가 아닙니다.

두블-퀘르는 자신의 형식논리를 펼치며 미소를 지었습니다. 그가 웃을 때면 매력이 넘쳐흐릅니다. 얼굴이 달라보이지요. 하지만 그는 자주 웃지 않습니다. 그는 소고기 요리나 열대의 하늘만이 잠깐 달래줄 수 있는 존재론적 슬픔을 이고 삽니다. 다른 데에 관심을 갖기에는 너무 큰 짐을 지고 사는 사람처럼 그는 글쓰기 교실에는 눈길도 주지 않습니다. 리오바, 이해가 안될지도 모르겠지만 사랑하고 사랑을 받는 사람 곁에 있어도 행복은 공유할 수 없고 전염되지도 않는다는 사실을 발견한 것이 내게는 아주 힘들었다는 것을 알아주세요. 더욱 끔찍한 것은 행복한 사람을 바라보면 그렇지 못한 사람의 불행이 커진다는 점입니다.

지난 3년 동안 나는 많은 즐거움의 축복을 받았습니다. 피티에-살페트리에 병원, 공쿠르상, 나를 사로잡았던 이 집, 두블-퀘르가 나와 결혼식을 올리려고 했던 일, 눈부시게 예쁜 스무 살의 내 딸.

리오바, 당신 같은 늙은 주검 앞이라면 몰라도 내가 사랑하는 사람과 일터에서 자주 만나는 사람들 앞에서 나의 기쁨을 터뜨리는 것은 그들에 대한 모욕이 되지 않을까요? 고통은 나눠가질 수 있지만 기쁨은 나눠지지 않습니다. 고통은 계속 어깨를 짓누르지요. 혼자 짊어질 수밖에 없습니다. 나는 두블-퀘르를 기쁘게 해줄 수 없습니다. 그에 대한 나의 힘은 소고기 요리에서 끝납니다. H가 또다시 권총을 들지 않게 해줄 수도 없습니다.

두블-퀘르는 태평양의 섬에 집 한 채를 갖길 원합니다. 따뜻하게 살다가 아무런 약도 먹지 않고 조용히 죽기 위해서입니다. 그를 떠나게 하거나 아니면 나도 따라가야 한다고 생각하세요? 그는 자크 브렐 같은 임종을 꿈꿉니다. 그가 세계 지도를 펼쳐들고 폴리네시아에서 섬을 찾는 모습을 보면 싸구려 술잔을 들고 헤아릴 수 없이 큰 권태와 고독에 찬 얼굴로 꾸부정하게 방갈로 앞에 앉아 수평선 아래로 떨어지는 해를 보는 그의 모습이 떠오릅니다. 무릎에 타히티 여자를 앉히고 허리에 티아레 화환을 두르고 있는 모습을 상상하면 어떠냐고 말할 수도 있겠지요. 남자들이란 의외의 짓도 곧잘 하지만 그것은 워낙 그의 스타일이 아니라 그런 상상은 할 수가 없습니다.

리오바, 나는 이방인입니다. 기쁨이 나눠지지 않아요. 그렇기 때문에 기쁨을 책에 쓰는 일이 그토록 어렵고 드문가 봅니다. 고통은 물처럼 자연스럽게 쏟아지는데 말입니다.

그녀가 L교도소에서 이런 이야기를 해주었습니다. "학교 가기 전에는 외양간을 치우고 집에 와서는 밭일을 했어요. 죽어도 농사꾼과는 결혼하지 않으리라 다짐했습니다. 그런데 그 남자는 도시의 파티 의상처럼 잘 다려진 하얀 셔츠를 입고 있어서 그만 반하고 말았지요. 나는 갈 곳도 없었고 나가는 것도 무서워했지요. 그들이 판결문을 읽을 때에 나는 무슨 소리인지 알아듣지 못했습니다. '감옥'이라고 말하지 않아서 무사할 줄 알았거든요. 그들은 '수감'이란 표현을 썼는데 이런 단어는 한번도 들어본 적 없었어요."

감옥에 가본 적이 없었던 A는 매번 나를 보러 올 때마다 미소를 지었고 우리 집에 달 커튼을 만들며 이렇게 말했지요. "아버지는 날 열한 살에 시집보냈지요. 월경도 없었던 때였어요. 열세 살에 아들을 낳았어요. 여덟 달 만에 홍역으로 죽었는데 난 홍역이 뭔지 몰랐습니다. 온통 시뻘겋고 열이 펄펄 나서 몸을 식혀주려고 목욕통을 밖으로 끌어내서 밖에서 목욕을 시켰어요. 아이의 몸이 퉁퉁 부어오르기 시작했어요. 나는 아이를 끌어안고 미친 듯 병원으로 달려갔어요. 이미 늦었다고 하더군요. 열다섯 살에 또 남자 아이를 가졌어요. 임신중에 남편이 죽었어요. 나는 아이를 엄마에게 맡기고 일하러 다녔어요. 약간의 돈과 헌옷을 주길래 옷은 내다 팔았지요. 그리고 아이는 놔두고 프랑스로 왔어요. 여름에만 아이를 보러 갔는데 아이는 아주 쌀쌀맞게 나를 대하더군요. 내가 자기를 버리고 놀러 간 줄 믿었던 거죠. 고등학교를 졸업하자 대학을 보내려고 이곳에 데려왔습니다. 5시에 일어나 공장 가고 게다가 봉사활동도 하면서 앉을 시간도 없는 삶을 사는 내 모습을 보자 울더군요. 엄마, 평생을 이렇게 살았어요? 라고 하더군요."

A를 볼 때마다 그녀를 품안에 안고 싶습니다.

리오바, 나는 한 줌의 사랑만을 지닌 외국인입니다.

당신은 사랑이 뭔지 기억하십니까?

사실 당신은 사랑에 대해선 별로 재간이 없었습니다. 두

번을 읽어도 놀랍게도 당신 작품에서는 진정한 사랑을 거의 찾지 못했습니다. 젊은이의 터무니없는 기다림, 환멸, 이성. 당신이 우리들 사이에 구축했던 긍정적 관계란 이런 것들이지요. 다른 사람들은 열정, 고뇌, 죽음인데 말입니다. 삶을 뒤흔드는 커다란 사랑의 물길에 둑을 쌓듯 결혼도 황급히 해치워버렸지만 당신도 사랑이 뭔지 알고 있었습니다. 그런데 당신 마음에 불러일으키는 혼돈의 힘 때문에 음악을 두려워했듯이 당신은 사랑을 두려워했던 것 같습니다.

소냐에 대해 이렇게 썼던 것을 기억하십니까?

"그녀가 내 곁에 앉아 있는 것이 좋고 우리는 온힘을 다해 서로를 사랑한다는 것을 잘 안다. 그녀는 '리오보츠카—그리고는 잠깐 말을 끊더니—왜 굴뚝들은 모두 똑 바로 뻗은 거죠?' 혹은 '말들은 왜 죽을 때에 그리 오랜 시간이 걸리는 걸까요?' 라고 묻는다."

리오바, 이토록 엉뚱하지만 감미로운 질문을 사랑하는 당신은 아마 세상에서 가장 진지하게 대답하고는 저녁에 당신 일기에 적었겠지요. 나는 그런 당신을 사랑합니다.

아, 내 사랑이여, 당신이 미소짓는 것이 느껴집니다. 웃고 있는 당신 모습이 보입니다.

　당신은 웃음을 멈추고 저기 서 있습니다. 나를 바라보고 있군요. 고개를 끄덕이고 있습니다. 오늘은 내가 쓴 것을 버리지 않을 것 같습니다. 이것 또한 즐거움입니다.

리오바, 여름이 지나갑니다. 벌써 8월 15일. 이 집에서 보낸 첫 여름. 내 인생의 첫 여름.

추수가 끝났습니다. 짚도 태웠습니다. 이틀 전부터 저녁에는 테라스에 나갈 수 없습니다. 집안의 벽난로 곁에서 지내야 하는 시절이 되돌아왔음을 느낍니다. 당신이 나를 가슴속에 품고 있습니다. 매일 질문, 의심, 당신을 향해 뻗은 손길, 그리고 조금 전 죽음을 앞둔 니키타의 생각을 읽었을 때처럼 가끔 손바닥 속에서 환한 섬광이 이는 경우. "익숙해져 있는 모든 것을 포기해야 한다는 것이 유감이다. 그러나 어찌하랴! 새로운 것에도 익숙해져야 하는 것을." 그리고 문득 죽음 속에도 어떤 생각거리, 그럭저럭 참을 만한 점, 인간적인 면, 그리고 거의 가벼운 어떤 것이 있는 듯합니다. 사람들은 모든 것에 익숙해집니다.

어느 날 아침, 간호사 두 명이 찾아와 나를 일으켜주었습니다. 3주 동안 바닥에 발을 디뎌보지 못했었지요. 우선 침대가에 앉았더니 말라빠진 다리가 흐느적거리며 허공에 늘어졌습니다. 먼저 한쪽 발을 바닥에, 그리고 또 한 발. 나는 엉겁결에 수직 상태, 완성된 몸짓을 되찾은 것입니다. 기적 같은 균형을 이루며 차곡차곡 겹친 그 모든 뼈들. 양쪽에서 각각 한쪽 팔을 잡았습니다. 자, 갈까요? 후들거리고 현기증이 나서 다시 주저앉았습니다. 다시 할까요? 일어섰습니다. 승리의 자세. 로봇처럼 뻣뻣하고 곧게 서자 몸이 앞뒤로 흔들거렸습니다. 한 발자국. 또 한 발자국. 세면대까지는 세 발자국을 더 가야 했습니다.

세면대에 매달려 이곳에 온 뒤로 본 적 없는 내 얼굴을 거울에서 발견했습니다. 오른쪽 눈에 커다란 혈종이 있었습니다. 눈썹도 움직이지 않았지요. 머리를 감고 있는 붕대 바깥으로 더러운 머리카락이 흘러나와 있었습니다. 영락없이 못생긴 그리스도 형상이었습니다. 간호사들이 옷을 벗기고 수건이 덮인 의자에 앉혔습니다. 두 간호사 중 한 명이 남아서 세수하는 것을 도와주었습니다. 처음으로 이도 닦았지요. 비누 냄새를 맡아보았습니다. 비누 냄새 속에는 끝나가고 있는 한 시절이 있었습니다. 일상으로의 귀환이 있었습니다. 벌써.

일어섰습니다. 다시 일어났습니다. 수백만 년 전에 쟁취한 이 자세의 아름다움, 힘과 나약함의 혼재, 그 의미에 대해 누가 관심을 갖고 구구한 설명을 할까요? 두 기둥 같은 다리, 몸통을 좌대삼아 남들에게 나보란 듯 떡하니 작은 목 위에 유연하게 얹힌 머리. 나는 한때 내 다리가 없어진 꿈을 꾸기도 했습니다. 간호사가 손을 뗐습니다. 드디어 내가 걸었어요! 조금은 무겁고 덜 우아하지만 첫 무도회에 나섰던 나타샤처럼 당당하게.

나타샤를 자주 떠올립니다. 그녀의 노래, 춤, 피아노 위로 울려퍼지는 그녀의 음성, 크리스마스 저녁에 그녀의 아저씨 집에서 집시처럼 빙글빙글 돌며 톡톡 튀던 그녀의 몸을 생각합니다. 그녀에게 다가간 사람들의 혼을 빼놓고는 모든 사람을 한꺼번에 사랑하고 싶어했던 나타샤. 오트라드노이에의 달밤이면 육욕에 몸을 떨었던 나타샤. 아버지가 춤추는 모습을 보고 웃음을 터뜨렸던 나타샤. 어머니의 침대 속을 파고들었던 나타샤. 한 남자를 기다리며 또 다른 남자에게 납치당할 계획을 꾸몄던 나타샤. 생의 찬사 그 자체였던 나타샤. 누구의 손에도 닿지 않았던 처녀로서 빛났던 나타샤. 그리고 결혼하여 빛이 바랬던 나타샤.

리오바, 처녀도 아니고 결혼하고 이혼하고 어머니이며, 심지어 책을 내고 찬사와 비판을 받고 『고철 덩어리』란 두

번째 작품이 발간되자 조롱거리로 전락했지만 당신처럼 비평은 전혀 읽지 않는 현명함도 지니지 못해 고통받았던 나를 병원이 처녀로 만들어주었습니다. 피티에 병원에서 치른 전쟁에서 이긴 뒤부터 나에게는 순수와 투쟁의 의무가 생겨났습니다. 그것은 내 생명을 위해 치러야 할 대가입니다. 이 의무에 나는 이름을 붙였지요. '나타샤 증후군'이라고.

머릿속에 박혀 있는 플라스틱 조각 옆에 조그만 조각이 하나 더 박혀 있습니다. 그건 바로 나타샤의 조그만 다이아몬드입니다.

의사가 왔던 어느 날 내 침대 위에는 『제로 전투기』의 초교 원고가 흩어져 있었고 나는 편집자가 내놓은 몇몇 제안을 다시 읽고 있었습니다. 의사는 조심하세요, 너무 무리하지 말아요, 라고 했습니다. 오, 리오바, 나는 책의 출간 전에 죽을 뻔했던 사람입니다! 순간 순간 이 사실에 웃음이 났고 혼자서 얼마나 웃었는지 당신은 모를 겁니다! 등장 인물을 몇 번씩 죽였던 당신은 나타샤를 위해 이 장면을 멋지게 쓸 수도 있었을 것입니다. 나는 아직도 회복되지 않았고 나의 병, 내가 치렀던 대가, 풀 수 없을 정도로 엉켜 있는 죽음과 삶을 지금도 믿기 어렵습니다. 그리고 어떤 날에는 11월 12일 이후 내가 받은 편지 중에서 가장 감미로운 편지를 아직도 가방에서 꺼내 봅니다. 주치의 외과의 사였던 파이요 박사의 편지입니다. 그리고 편지에 키스를 합니다.

나는 살아 있습니다.

한번은 누군가로부터 이런 말을 들었습니다. 나는 산 채로 죽었다고. 그렇습니다. 나는 산 채로 죽었습니다.

무엇이 중요하고, 우리의 삶을 지탱하는 축이 어디에 있는지 어떻게 알 수 있을까요? 당신을 비난하게 만드는 단어 하나에 내가 악착같이 매달리고 있다는 사실 속에 있을지도 모릅니다. 그것은 아마도 경동맥 끝에서 결절부위를 섬세하게 절단하는 것만큼이나 중요할 겁니다. 어쩌면 내 생명은 두블-퀘르의 혼란스런 영혼 속에 버티고 있는지도 모릅니다. 내가 만약 한 단어라도 양보하거나 혹은 우리의 사랑을 잊거나, 그가 우리의 사랑을 잊으면 나는 곧장 죽음의 나락으로 떨어질 겁니다. 그때는 어떤 의사도 잡아주지 못하겠지요.

그런데 당신, 리오바, 나의 리오보츠카 씨, 당신의 삶, 그 거대한 삶에서 중요한 것은 무엇이었습니까? 당신은 대문 자로 쓰여지는 인간이 되길 원했습니다. 당신의 작품, 영광, 부인, 행동 등 개별적인 우연이나 일화 같은 것은 당신에게 전혀 중요하지 않았지요. 당신은 존재에 영원한 의미를 주는 인간, 왜 살고 어떻게 살아야 되는지를 발견하고 전수하는 인간이 되고자 했습니다. 부처와 견줄 만하고 그리스도와도 어깨를 나란히 하는 인간. 당신은 악을 제거하기 위해 악에 대한 무저항이란 것을 창안했습니다. 당신 생각에는 이것이야말로 이 세상에서의 당신 역할, 당신 삶에 남은 최후의 결정체였던 것입니다. 따지고 보면 누가 당신이 틀렸다고 할 수 있겠습니까? 왼쪽 뺨을 맞고 오른쪽 뺨을 내밀지 못하는 우리는 그것을 실천할 수 없을 것입니다.

이 세상에서 당신의 역할이 비극적이었고 말하는 것만으론 부족합니다. 당신은 간디의 비폭력 정신을 공유했지만 당신이 주장한 그 원칙의 미명하에 인도의 한 부분이 인류가 겪었던 가장 끔찍한 대학살을 당했습니다. 무정부주의자인 당신은 강제 유배지와 집단수용소의 존재를 가능케 한 분명한 비전을 가졌으며 레닌은 가장 강력한 국가주도

형 정부를 세우는 데에 당신을 이용했습니다.

이 세계를 평화로운 인간의 공동체로 변화시키려고 애썼던 당신은 고작해야 미국의 어느 구석으로 이주하는 사람들에게 도움을 주는 〈톨스토이 재단〉을 세우는 것으로 만족해야만 했습니다.

아, 불쌍한 리오바, 무덤이 당신에게는 얼마나 잔인했을까요?

당신은 『전쟁과 평화』와 『안나 카레니나』를 불태워버리고 싶어했지만 중국에서 미국에 이르기까지 수백만 명의 독자가 여전히 그것을 읽고 있으며 그들은 당신이 『예술이란 무엇인가?』 『무엇을 해야만 하는가?』 혹은 『하느님의 왕국은 우리 마음속에 있다』를 썼다는 사실을 모릅니다.

그리고 당신을 숭배하는 나조차 이 세상에 불협화음 하나를 더했습니다. 러시아의 보편적 임무는 이 세상에 토지 소유제가 없는 사회를 도입하는 데에 있다고 당신은 생각했지만 나는 토지를 사들이는 일을 저질렀습니다. 나는 당신을 배반했습니다. 나도 어쩔 수 없었어요. 내 병과 『제로 전투기』의 인세, 그리고 집 사이에 어떤 음험한 끈이 존재하리라 짐작됩니다. 집, 그것은 바로 타인이 아닌 내 존재이며 회복된 내 육체, 세계 속의 내 존재의 각인입니다. 나는 너무 오랫동안 연기와 같은 건축물 속에 살았습니다.

하지만 리오바, A가 재봉질하고 내가 달아맨 커튼은 아직 내게 뼈저린 회한을 안겨주진 않았습니다. 그리고 과연 내가 당신을 배반했는지도 확신할 수 없습니다. 이곳에서는 천국에 대한 향수를 전혀 느끼지 않기 때문입니다. 새소리, 닭울음 소리, 집으로 돌아오는 트랙터, 젊은이들의 끔찍한 오토바이 소리가 들립니다. 인정합니다. 그래요, 아편이 필요하진 않습니다. 걷지도 않고 말도 타지 않는 사람들과 집과 땅을 영원히 바라볼 테지요. 매일 아침 찾아오는 햇살을 보면서 나는 당신을 떠올립니다. 살아 있는 사람의 눈부신 환희를 단어 속에 농축해놓은 당신의 글을 생각합니다. 리오바, 당신이 나를 눈부시게 했다는 것을 잊지 마세요. 어떤 작가도—아마 시인조차도—당신처럼 전율, 긍정적 전율, 충만, 인간적 예외를 불러일으키지 못했습니다.

이것이 당신의 선물입니다. 당신의 진정한 선물. 착각하지 마세요. 나도 남에게 줄 수 있는 사람이 되고 싶으니까요.

지금 내가 상상하는 당신의 모습이 이렇습니다. 당신이

묻어달라고 부탁한 스타리자카스 숲속의 나무 아래, 야스나야의 무덤 속에 당신은 누워 있습니다. 당신 집은 박물관이 되었습니다. 지금은 방문객들이 떠난 뒤라 나무 아래 홀로 누워 있지요. 당신은 20세기를 수놓은 참사를 나열하며 다시 일어나 내면의 혁명을 설교할 수 없다는 것에 비통해합니다. 그리고 커다란 나무 아래에서 혹시 무슨 소리, 사랑의 복음이 퍼지는 소리를 들으려고 귀를 쫑긋 세우고 있습니다. 누가 무슨 설교를 했다고? 무기의 폭음이 대꾸합니다. 그리고 쩔렁거리는 돈 소리. 당신은 정확하게 보았습니다. 당신이 해독제라 불렀던 것을 발전시키는 것으로 만족해야 했습니다. 적십자, NGO, 실업자 재취업을 위한 최소생계비 제도. 그러나 나타샤, 나타샤의 음성이 들리지 않나요?

그녀는 별로 소리를 내지 않습니다. 하지만 저기 있습니다. 야스나야의 텅 빈 오솔길에서 요정처럼 춤을 춥니다. 그녀는 내가 보고 있는 줄 모릅니다. 본다 해도 개의치 않지요. 봐주는 사람 없어도 그녀는 자신만을 위해 이 세상이 끝날 때까지 춤을 출 것입니다. 그녀가 당신 무덤 위의 달을 깨운 뒤 당신에게 속삭였으면 좋겠습니다.

"자, 어떻게 그렇게 쿨쿨 잠만 잘 수 있어요? 얼마나 예쁜지 보세요. 벌떡 일어나요, 할아버지."

그러곤 오트라드노이에의 발코니에서 날아가고 싶어했던 그녀는 단숨에 초원과 산을 뛰어넘어 내 창가로 오겠지요.

"쓰라구요. 인내심을 잃지 말고 일하세요. 붙잡아요. 당신을 관통하는 이 생명의 화살을 낚아채라구요. 그리고 단어의 심장을 향해 곧장 쏴요."

작년에 두블-퀘르와 나는 마다가스카르에 갔었습니다. 안트시라베에서 안내원이 우리를 관광 상품점으로 끌고갔지요. 거기에는 라츠시라카가 공산주의자였던 시절 모스크바에서 인쇄된 『문화와 삶』이란 월간지가 산처럼 쌓여서 우리가 사주길 기다리고 있었습니다. 나는 한 무더기를 뒤적이다가 점원이 넘겨준 잡지를 보고 환희의 비명을 질렀습니다. 그것은 당신에게 바쳐진 특집호였습니다. 점원이 내게 준 진정한 선물이었지요. 마다가스카르는 없는 것 천지인 곳인데 말입니다.

저녁에 호텔로 돌아와 독서에 푹 빠졌습니다. 테름의 호텔은 잔존하는 식민지 건축의 내부를 가장 순수한 스탈린 양식으로 뜯어고친 건물이었습니다. 잡지에서 야스나야로 순례중인 마다가스카르의 젊은이들을 찍은 단체 사진, 당신의 식당과 서재, 그리고 무덤의 사진을 보았습니다. 무덤은 십자가나 비문, 비석도 없고 나무에서 떨어진 잎사귀로 뒤덮인 흙더미였습니다.

당신을 두고 레닌이 말한 것에 대한 장문의 기사도 읽었습니다. 레닌은 변증법적 비판의 뛰어난 전형에 입각해서 당신을 다루었더군요. 한편으로는 "자본주의의 착취에 대한 냉혹한 비판을 했으며, 정부에 의한 폭력과 국가의 행정과 사법이 보여주는 희극성을 고발하고, 부의 확대와 문명의 정복이 심화될수록 노동자 대중의 빈곤, 무지, 고통이 증가한다는 이 모순적 관계에 대한 심오한 심판을 가한 천재적 소설가"라면서 다른 한편으로는 "신의 계시를 받은 사람 흉내를 냈던 지주", "많은 사람들 앞에서 가슴을 치며 엉엉 울면서 '난 변태고 파렴치한 놈이에요. 그러나 참회하려고 노력중이랍니다. 고기를 절제하고 쌀만 먹고살아요(쌀만 먹고사는 마다가스카르 사람들에겐 이런 식사법이 이해될 리 만무했겠지만!), 라고 외치는 이른바 히스테리컬한 러시아 인텔리겐치아"로 취급했습니다.

그 기사를 읽고 무척 가슴이 아팠습니다. 30년 전에 쓰여진 글에 대해 내가 나서서 당신의 변호를 할 수 없었기 때문입니다. 이 기사는 1978년 공산주의 위성국가 사이에서 읽혀졌던 것입니다. 이 모든 것에서 무엇이 남았습니까? 빈곤국 중에서도 가장 빈곤한 이 나라에 어떤 반향을 일으켰을까요? 프랑스 식민지의 뒤를 이은 소련 식민지, 그리고 이제는 국제 통화기금이 뒷문을 통해 이 나라를 세계화의 물결 속에 떠다밀었습니다. 언제나 변함없이 장삿

속입니다. 이제 국제 통화기금이 남았습니다. 장삿속만 남은 것입니다. 타나나리브 시장에서 몇 프랑 주고 산 식탁 세트 6개가 몽마르트르의 가게에서 개당 40프랑, 그러니까 모두 240프랑에 팔린다는 것입니다. 물론 운송비가 들지요! 옥양목을 생산하는 데 있어서 노동자 한 명의 임금이 말 한 마리 부리는 값보다 싸다고 당신은 이미 말한 적 있지요. 그것은 당신도 보다시피 지금도 들어맞는 말입니다.

나는 담요 속에 틀어박혀 이런 생각에 잠겨 있다가—안트시라베는 춥습니다. 두블-퀘르는 열대지방이라고 항상 더운 것은 아닌 것을 깨달았습니다—울고 싶어졌습니다. 당신이 이 세상에 무엇을 남겼습니까? 무엇인가 남아 있기나 한 걸까요? 내 사랑이여, 당신은 선물 포장지로 남았습니다. 관광객의 쇼핑물을 싸는 종이. 당신이 경멸했던 사치품인 세공된 돌, 지르콘, 사파이어를 싸는 포장지. 휴지통에 들어갈 종이로만 남은 것입니다.

그러다가 『전쟁과 평화』의 한 장면이 떠올랐습니다. 오트라드노이에서 안드레이 공작을 만나지 못해 망연자실한 나타샤는 계단을 오르내리며 한 발짝씩 걸을 때마다 마다가스카르, 마다가스카르, 란 단어를 큰소리로 외쳤습니다. 마치 고통에서 벗어나 모든 걸 잊고 다시 시작할 수 있는 장소로 데려다주는 마법의 지명처럼. 잡지의 어디에도 『전쟁과 평화』의 이 대목에 대한 언급이 없습니다. 이 구절이 마다가스카르 사람들을 기쁘게 해줬을 거라고 상상해봅니다. 그러나 이데올로기란 항상 이 모양입니다.

오, 리오바. 모든 걸 다시 시작할 수 있는 곳은 어디에도 없습니다. 당신의 낙엽이 바람에 날리듯 내 편지도 바람과 더불어 날아가버릴 것입니다. 우리는 흩어질 테고, 우리는 헤어질 것입니다. 남는 것이라곤 지상에서의 짧은 순간뿐. 당신과 만났던 짧은 시간, 내게 덤으로 주어진 이 덧없는 시간, 마침내 뽑아 내던질 수 있었을 두통과 몇 마디 언어 외에도 남들에게 기쁨을 주고 싶은 무력한 근심과 내 기쁨의 외로움을 머릿속에 담고 살아야 하는 이 짧은 시간.
그리고 서너 번의 기막힌 매력적 미소.

내 편지를 받아 주십시오.

진실을 말하는 것이 아니라
거짓말을 하지 않기

파스칼 로즈는 처음 쓴 소설로 1996년 프랑스 최고의 문학상인 〈공쿠르상〉을 받았다. 이런 경우는 올해로 100년째인 〈공쿠르상〉 역사에서 두 번밖에 없었다. 그녀는 38세에 단 한 편의 소설로 프랑스 문학의 정점에 선 셈이었다. 하지만 그해 5월 3일 금요일, 그녀는 초인종 소리를 듣고 일어섰다가 썩은 나무둥치처럼 허물어졌다. 그리고 소설에서 그녀가 묘사했던 주인공의 고통을 실제로 고스란히 겪으며 죽음의 문턱을 넘나든다. 작가로서의 생일이 기일이 되는 순간을 맞은 것이다.

"갑자기 오른쪽 머리에서 통증이 시작됐습니다. 얼굴이 일그러지고 눈동자가 돌덩이처럼 굳는구나, 하는 생각이 들더군요. 내가 『제로 전투기』에 썼던 문장입니다."

그런 글은 "결코 쓰지 말았어야 했다"고 후회해도 이미 늦었다. 종이에 썼던 단어가 고스란히 현실이 된다면 글을 쓴다는 것은 얼마나 위험한 직업인가. 어원을 따지면 운명(fatum)이란 '이미 쓰여진 것'을 뜻한다. 파스칼 로즈에게 글쓰기란 자기 운명을 쓰는 위험한 일이다.

3년이 지난 뒤 작가는 그해 여름에 겪었던 일을 되돌아보며 글을 썼다. 자신을 돌아보는 글은 고백적 탐색을 통해 정체성을 확인하는 것으로 귀착된다. 하지만 거울에 비친 자신만을 들여다보는 눈길에는 자기연민, 자기애, 윤색이 끼여들기 십상이다. 프로이트라면 전이(transfert) 없는 자아 분석은 불가능하다고 진단했을 법하다. 그래서 파스칼 로즈는 자기 아닌 남을 내세워 그 안에 자신을 비춰보는 방식을 취한다. 톨스토이에게 보내는 편지 형식을 빌린 『로즈의 편지』는 죽을 뻔한 작가가 죽은 작가에게 쓴 글이다. 죽음의 문턱에 섰던 사람이 하는 말은 절박한 진실이라고 믿을 수 있다. 하지만 작가의 진실은 한 걸음 더 나아간 데 있다. 작가는 진실을 말하는 것이 아니라 거짓말을 하지 않기도 약속한다.

"거짓말하지 않기. 진실, 그것이 뭔지는 누구도 모릅니다. 거짓말, 그건 뭔지 압니다. 거짓말은 입을 여는 순간 알 수 있습니다."

진실만을 고백하겠다는 약속보다 거짓말을 골라내버린 말이 오히려 진실에 가까울 것 같다. 『로즈의 편지』는 조금 어려운 말을 쓰면 간주관적 관계를 거쳐 타자 안에서 자기를 비춰보는 글이 될 것이다. 우리가 일용할 양식처럼 말하고 들은 거짓말, 그것이 마음속에 흐르는 까만 오수가 되어 악취가 풍긴다. 거기에 거짓 없는 맑은 물 한 줄기 흘려보낸다고 얼마나 맑아질까. 그래도 어쩌겠는가. 거짓말은 더욱 우리를 불행하게 만들 뿐인 것을.

2003년 8월

이재룡